ぶっとび大名

殿さま商売人 2

沖田正午

時代小説

二見時代小説文庫

目次

ぶっとび大名——殿さま商売人 2

第一章　大名、二足の草鞋《わらじ》をはく

一

相変わらず、下野《しもつけ》三万石鳥山《とりやま》藩の台所事情は火の車である。

起死回生の策として取った藩邸札《はんていさつ》の発行は、幕府の横槍を受けて、あえなく失敗の憂き目をみた。

そのとき得た利益はすべて幕府に没収され、さらに借財が増えてしまった。未曾有《みぞう》どころか、一歩足を踏み出すと奈落《ならく》の底へという、鳥山藩は崖っぷちに立たされていたのである。

七代目藩主小久保《こくぼ》忠介《ただすけ》は、こんなことでは挫《くじ》けない。

「人生こうこなくちゃ、面白くねえ。こうとなったら、とことんやってやろうってもんだ」

片腕をめくり、半ばやけくそ気味に言うも、その心中にはめらめらと燃え滾《たぎ》るものがあった。

忠介が鳥山藩主になってからおよそ一年。参勤交代《さんきんこうたい》で江戸に来てから半年以上が経ち、文政《ぶんせい》十二年は暖かい春を迎えようとしていた。

正月と共に忠介は三十五歳となり、男としてますます脂《あぶら》が乗り切っている。

藩主となる前は、江戸の中屋敷に住んで夜な夜な市中を忍び歩いては、博奕《ばくち》や酒にうつつを抜かす遊び人を気取っていた。陰《かげ》で呼ばれるようになっていた。言葉にはその名残《なごり》があって、いつしか家臣や周囲からは『べらんめえ大名』と、陰で呼ばれるようになっていた。

貧乏藩を、いかにして立て直すかが小久保忠介の、藩主としての腕の見せどころであった。しかし、片腕をめくっただけの強がりだけでは、いかんともしがたい。

「口だけなら、なんとでも言えるからな」

自分でも心得てはいる。

「話でもって食えるのは、講釈師と噺家《はなしか》くらいのものですから……」

藩主忠介の言葉に半畳《はんじょう》を入れたのは、皆野千九郎《みなのせんくろう》という三十俵二人扶《ぶち》の禄《ろく》を取る下級家臣であった。以前は勘定方《かんじょうがた》の末席に属しており、算盤改役《そろばんあらためやく》という閑職《かんしょく》にあった男である。算盤改役というのは、珠《たま》を弾《はじ》いて勘定をするものではない。算盤をもって帰ってしまう不届き者がいるので、毎朝出仕してはその数を検《あらた》めるだけという、子供でもできるような役目についていた。

千九郎も一つ齢を加えて二十三になっていた。

この男、若いが商才に長《た》けている。算盤改役という閑職にいたのは、自らが商う副業をやりやすくするためその地位に甘んじていたのであった。

千九郎の才覚をいち早く見抜いたのは、藩主の小久保忠介である。藩財政立て直しの策として、千九郎を大番頭《おおばんとう》として傍《かたわ》らに置いていた。

御座《ぎょざ》の間《ま》の中ほどで、藩主忠介と江戸家老の天野俊之助《あまのしゅんのすけ》、そして千九郎が三角の形で座っている。

春とは名ばかりの、その日は冬が逆戻りしたような底冷えのする空の様子であった。今上屋敷の外は、今にも雪が降るのではないかというどんよりとした曇り空である。今の鳥山藩の現状を、象徴《しょうちょう》しているかのような暗雲の垂れ込め方であった。

そのとき藩主忠介の形《なり》は、唐桟《とうざん》の太糸で織られた厚手の小袖の上に、寒さ凌《しの》ぎでどてらを着込んでいる。巷《ちまた》の町人と、まるで変わらない。

藩主がそれならば、おのずと家老の天野も同じ形となる。千九郎はどてらの代わりにどこで手に入れたか、背中に鳶《とび》の代紋が抜かれた印半纏《しるしばんてん》を着込んでいる。

質素倹約の旨《むね》を、藩主が率先して家臣全般に謳《うた》っていた。

炭を熾《おこ》した火鉢を真ん中に置き、暖を取りながらの語り合いであった。

これといった打開策を見い出せず、起死回生となる良案も浮かばずに、かれこれ一刻《いっとき》が経っていた。

忠介が心意気だけを唱え、天野と千九郎がうなずくだけで、話の中身は杳《よう》として進まずにいた。

家老の天野は、藩の政策に従事する役目である。千九郎は、藩財政の立て直しで手腕を買われた。大八車に見立てていえば、二人は鳥山藩にとっての両輪であり、それを牽《ひ》くのが忠介の役目であった。

「講釈師と噺家くらいなものなんて、うめえことを言うじゃねえか千九郎」

千九郎の半畳に、忠介は苦笑いを浮かべながら返した。

「はっ。口だけで意気込んでいても、なんの解決にもなりませんから」

「これ、殿を揶揄《やゆ》するのではない」

天野が、藩主に向けての千九郎の言葉をたしなめた。

家老の立場として、最下級にある末端家臣の抜擢《ばってき》は、いまだに腑《ふ》に落ちぬ思いが宿っている。

「まあ、いいじゃねえか。そんなことで、いちいち目くじらを立てんじゃねえよ。それより、ご家老からもいい考えは出てこねえかい？」

「はあ……」

頭に手をやり、まさにお手上げといった天野の面持《おもも》ちであった。

「千九郎にも、これぞといった一手は思い浮かばねえかい？」

「でしたら殿、手前に考えがあります」

「ほう、考えってか。どんなことだい？」

忠介が、火鉢の上に身を乗り出して、千九郎の考えを聞く。

「一度手前を、国元に連れていってはもらえませんか？」

「ほう、国元にか。そんなのは、どうということもねえ。いつでも好きなときに、勝手に行ってくればいいじゃねえか」

「いえ勝手ではなく、殿も一緒に行かれませんかと……」

「おれもか……？」

言って忠介は、思案する顔となった。

「殿は行けるわけないだろう。幕府に断りもなく、勝手に国元と行ったり来たりはできんからな。だいいち、月次《つきなみ》や諸般の行事で登城しなくてはならんから、日取りを決めるのが難儀だ……」

とてもできんと、首を振りながら天野が言った。

「千九郎は、なぜにおれにも行けと言うのだ?」

天野の言葉に耳をくれず、忠介が問うた。

「大和芋《やまといも》のほかに、めぼしい特産物を物色《ぶっしょく》するためです。商店《しょうだな》の主《あるじ》が率先してそれをやらんで、いったい誰がやりましょう? そこを他人《ひと》任せにする店は、とても繁盛なんてできはしません」

「大和芋だけでは駄目か?」

「これから種芋を植えるのです。大和芋の収穫はまだまだ先です。それと、大和芋を売っただけではとても財政を立て直すどころか、借金すらも弁済できません」

藩邸札の空売りの賠償《ばいしょう》で、六千両の借財が増えている。生易《なまやさ》しい商いのやり方では、とても追いつかないと千九郎は踏んでいる。

「もっともっと、工夫を凝らしませんと……」

「工夫とは、どんな？」

「それを、国元に行って探してくるのです。行けば何か妙案が浮かぶやもしれません」

千九郎の進言に、眉根《まゆね》を寄せたのは家老の天野であった。

「浮かぶやもしれないってな、そんな曖昧《あいまい》なことで殿を国元にやらすわけにはいかん。もしも幕府に目をつけられでもしたら、大事《おおごと》に……」

絶対に駄目だと、天野は激しく首を振った。

「昨年、宇都宮《うつのみや》藩の戸田《とだ》忠温《ただはる》公は国元に行ったでしょう。あれは、有《あ》りなんですか？」

千九郎が、詰め寄るように問うた。

「のっぴきならぬ事情があって、許しを得たんだろう。だが、殿の場合は……」

商いが目当てでは帰省の理由にならんと、またも天野は首を振る。

「分かった、行こうじゃねえか」

天野の意見には耳を貸さず、忠介は千九郎の話を呑んだ。

「それで、いつにする？」

忠介が問うたのは、天野に向けてであった。行事の予定は天野と、江戸留守居役で家老だったら覚えとけ」

「当たり前《めえ》だって、悠長なことを言ってられねえからあたぼうってんだ。それぐれえ、

下世話《げせわ》な言葉に、さらに天野の眉間に縦皺《たてじわ》が増えた。

「なんですか、そのあたなんとかってのは？」

「あたぼうじゃねえか」

「殿、本気でありまするか？」

ある前田勘太夫《まえだかんだゆう》に任せてあるからだ。

「はあ……」

忠介に押し切られ、天野は火鉢に手をあてている身を引いた。

「それで、いつが空いてる？」

「今日が如月《きさらぎ》二十五日ですから、今すぐの帰郷は無理としまして弥生《やよい》一日は月次登城……」

ぶつぶつと、日にちを宙《そら》で目算し天野が日取りを考える。その間の、忠介と千九郎の会話であった。

「千九郎は国元に行って、何を見てえ？」

「米、麦、大和芋の作付け面積と、地場産業で一番といわれる醤油《しょうゆ》の生産現場であ

ります」

「そんなものを見て、どうするというんだい？」

「生産量が分かりませんと、売り上げの計算が立ちません。それによって、どのような商いの仕方が良策なのかを模索しませんと、ただ闇雲《やみくも》に火鉢にあたって考えていましても妙案は浮かびません」

「さすがだな。ほかの家臣とは、言うことが違うわ。なあ、ご家老……」

「左様でして……それで殿、この日でしたら十日ほどの余裕がございまする」

「いつだ？」

「上巳《じょうし》三月三日の桃の節句から、月次登城の十五日までが空いておりまする」

大名は、五節句には登城をせねばならないのが決まりである。

「よし、そこでいいだろう。十日もあれば、充分に行って帰《き》されるからな」

「ですが、殿。表立っては……」

「駕籠《かご》に乗って堂々と行けねえのは、分かってら。だから、得意のお忍びってやつよ。供《とも》は二人でいいだろう、千九郎とあとは誰でもよい」

「でしたら、大原吉之助《おおはらきちのすけ》がよろしいかと……」

千九郎が選んだ大原吉之助は、今も柿の実数え役であった。季節外れの今はただ何もせず、朝方出仕してはすぐに帰宅するという、閑職中の閑職である。以前、閑職十人衆に選ばれた内の一人であった。

そんな大原にも、長所というのはあるものだ。柿の実を数えるだけあって、とりわけ遠目《とおめ》が利く。千九郎は、そこに目をつけたのであった。しかし、大原は千九郎の出世を面白くなく思っている一人であった。そんな確執《かくしつ》は、千九郎としてはどうでもよい。いかに何かの役に立つかが肝心なのである。

「分かった、そいつでいいだろう」

商人の姿になって、忍んで行こうということになった。

二

三月三日の上巳登城をすませた翌日、さっそくの国帰りとなった。

商人の旅姿に身形《みなり》を変えて、三味線堀《しやみせんぼり》近くの上屋敷を出立したのはまだ東の空が白々《しらじら》とする、朝七ツ半には届かぬころであった。

裏門の脇戸を開け家老の天野が外に目をやる。幕府の隠密がどこで目を光らせているか分からない。とくに大目付である小笠原重利《おがさわらしげとし》の手になる者が気がかりであった。

そこには遠い三河《みかわ》以来の昔より、小久保家と幕府重鎮水野《みずの》家の確執がもとにあった。大目付の小笠原は水野一派に属し、小久保一族の動向に目を光らせていた。本家小田原藩主小久保家忠真《ただざね》は、今は老中の役職にある。小久保家の親戚筋が取り潰しになれば、忠真も老中の座から失脚せねばならない。分家の中でも一番危なっかしそうな鳥山藩小久保家に的《まと》を絞り、追い詰めることによりその後釜《あとがま》を小笠原は狙っているのである。

たびたび忠真から、忠介は言い含められていた。小笠原が目をつけているから、気をつけろと。それだけに、ことをなす上での動向は、忠介としてもことさら慎重であった。

「誰もいませんですな」

網代笠《あじろがさ》を目深《まぶか》に被《かぶ》り、振り分け荷物を担いだ三人が天野の合図で外へと出た。

「どうぞ、ご無事で……」

留守を預かる天野としては気が気でない。無事をひたすら祈るだけとの思いを込めて、藩主忠介を送り出した。

足元は暗いが、むろん提灯《ちょうちん》の明かりは点《つ》けない。

浅草《あさくさ》に出て、花川戸《はなかわど》の辻を左に曲がれば馬道《うまみち》となり遠く日光《にっこう》、陸奥《むつ》へとつづく街道である。

そこまで行けば、出立《しゅったつ》の早い旅人たちに紛《まぎ》れることができて、まずは一安心である。お忍びは、それほど用心を周到にせねばならない旅であった。

早足で、浅草までは無言で歩いた。背後を気にするも、あとを尾《つ》けてくる気配はない。

「あまり慎重なのも、疲れるな。かえって変に思われるから、こっからは気楽に行こうや」

浅草東本願寺《ひがしほんがんじ》の東門、田原町《たわらまち》の辻まで来たところで忠介が、千九郎と吉之助に声をかけた。

それからの旅は順調であった。

千九郎に対して妬《ねた》みを抱いていた大原吉之助も、そんな感情は今では頭の中からすっかりと取り払われている。

「柿の実を数えるなんてどうでもいいような役のおれを、どうして殿のお供に選んでくれたんだい？」

「それは、国元に行ってみたら分かります」

一歳年上で、家柄も若干大原家のほうが格上である。なので、千九郎の口調は控えめであった。

「吉之助も、千九郎の商売のやり方を学んでおいたほうがいいぞ」

「はっ」

藩主直々《じきじき》に声をかけられ、吉之助はガチガチに固くなっていた。

「この旅は殿でも家臣でもねえ。越後《えちご》の縮緬《ちりめん》問屋の主《あるじ》に手代《てだい》が二人ってことにしてあるからな、これからはそのように振舞え」

「旦那様。大店《おおだな》の主でしたら、そのべらんめえな言葉は控えたほうがよろしいかと……」

千九郎が、忠介に諫言《かんげん》をする。それには、吉之助も驚く顔を向けた。

「よくも殿様に対して、ずけずけとものが言えるなあ」

感心した面持ちで、千九郎に言う。それが一歩前を歩く忠介の耳に入った。

「そのぐれえ言える奴じゃなけりゃ、到底《とうてい》藩の窮状は救えねえよ。誰が、おれの側になんかおくものか」

「旦那様、おれじゃなくて手前と……なん度言ったら分かるのでしょうか」

「そうだったな、すまねえ」

前を歩く網代笠が、小さく前に傾いた。それでもこの後、その言葉が改まることはない。

途中幸手宿《さってしゅく》で一泊し、鳥山藩城下には弥生《やよい》五日の夕刻に着いた。

西の空が茜色《あかね》に染まったころである。領地に足を踏み入れたそうそう、開墾された田畑の整地を見て回る。

「これも家臣、領民がみんなで力を合わせて成し遂げてくれたおかげだ」

およそ半年ぶりで国に戻った忠介は、昨年秋に見舞われた野分《のわき》の災害からの復旧に感無量の面持ちであった。

初めて国元に足を踏み入れた千九郎と吉之助は、鬼怒川《きぬがわ》沿いに開拓された領地の広大さに目を瞠《みは》る思いであった。

大麦が刈り取られた畑は、あと半月もしたら水が張られ田植えの時期となる。畑が水田へと変わるのだ。

「去年は、領地一帯が川の氾濫《はんらん》で湖のようになってな……」

苦渋のこもった口調で忠介は、当時のことを振り返りながら千九郎と吉之助に聞かせた。

「もう、あんな災害は二度とご免だ。しかし、またいつ嵐に襲われるかもしれない。

そんなときにもうろたえることなく、これからは藩の基盤をしっかりとしたものにさせなくてはいけねえ。そのためには、ここで作った農作物や地場の産物をいかにして売り込むかにかかっている。これからおれ……いや、手前は藩主であるも商人として、二足の草鞋《わらじ》をはこうと思っている」

夕日に顔を向けながら、忠介が熱っぽく語る。赤くなったその顔は、決意によるものか、夕焼けによるものかは定かでない。

「ここは、米と麦を作る田畑だ。それと……」

忠介は、もう一か所の開墾場所へと向かった。

遠くのほうで、百姓たちが数人農作業をしているのが見える。

「ここいら一帯は、以前は雑木林と雑草が生えた荒地だった。そこを家臣、領民総出で開拓してな、二町歩《ちょうぶ》の畑を作った。そして、さらに二町歩が別の場所に開墾されてある。これはみな……」

「大和芋の畑でありまするな」

忠介の言葉を遮《さえぎ》り、千九郎が言った。およそ六千坪の畑の広さに、目を瞠っている。

それに加え、押上《おしあげ》村でも大和芋の栽培がなされている。

「そうだ。だが、これっぽっちの作付け面積では、まだまだ借財すら返すことはできんだろ」

「これでも、狭いのでありますか？」

問いを発したのは、吉之助であった。

「ああ、狭い。こんな畑がほかにも五か所はなくてはな……」

借金を返し、領民が潤《うるお》うにはそれだけ大和芋を作らねばいけないと忠介は説く。

「二町歩の畑で収穫した大和芋を売っても、せいぜい千両ほどにしかならんでな」

「それですと、到底借財の返還は無理ではありませんか？　五か所でも、五千両にしかなりませんし……」

吉之助が、ざっと頭の中で計算した。

「まあ、そういうことになるな。それだけでは、藩の財政を潤すことはできねえ。元手もかかるしな。そこでだ、千九郎……」

赤い夕日に照らされた山芋畑を見ながら、忠介が千九郎に問いかけた。

「はい……」

「ここで育った大和芋を、五倍十倍にする手立てはないかの？　それを考えるために、ここに来たのであろうよ」

「たしかに。ただこちらで作ったものを、右から左に売ったのでは高《たか》が知れております。ですが、今のところは何も思いつくものでもありません。これからゆっくり、何をしようかと考えてみます」

「おい、ゆっくりだなんて、そんな悠長なことは言ってられねえんだぜ」

のんびりとした千九郎の返事に、忠介の口調は荒《あら》ぐものとなった。賭場《とば》仕込みの伝《でん》法《ぽう》なもの言いとなった。

「それは分かっております。ですが、焦りは禁物であります」

藩主の言うことに平然と逆らう千九郎に、むしろ忠介はほかの家臣にない頼もしさを感じていたのである。

「焦りは禁物とな。しかし、ここに滞在できるのはあと五日ほどしかないのだぜ。それまで、何か策が練れるというのか？　なあ、大番頭さんよ」

忍んで領地内に滞在し、できればその期限の中で良策を見い出そうというのが忠介の狙いであった。

なんとも頼りになりそうもない、千九郎の萎《な》えた返事に忠介は閉口《へいこう》する思いとなった。

しかし、黙っていても気持ちが落ちつかない。

「まあいいだろ。誰だってそんなに簡単に良案など見い出せるものではないからな。ただし、五日の内に何か策を見い出すこと。これはおれからの命令だ」

焦りからか、忠介はとうとう命令という言葉を口から出した。

「命令と申されましても……」

困惑する千九郎の口がくぐもる。

お天道様《てんとさま》が西の山塊に姿を隠そうとしている。ふと空を見上げると空の色が群青《ぐんじょう》色に変わっている。あたりが暗くなってきていることに、忠介はようやく気づいた。

「田や畑ばかりを見ていたせいか、こんな刻《とき》になっているのに気づかなかった。旅の疲れもあるし、そろそろ城へと行こうか」

口調穏やかに、忠介が言う。すると、千九郎が深く頭を下げた。

「申しわけありませんでした、殿……いや、大旦那様」

「何を謝《あやま》ってるんだ、千九郎は？」

「あたりの様子が変わってきているのが分からぬほど、そこまで真剣に商いのことを考えている。そんなことに気づかず、手前はどっちつかずの返事をいたしました。全知全能をかけて、何かよい妙案を考えます。はい、むろんここにいる間に……」

「まあよい、無理はするな。俺も命令と言ったのを撤回する。考えてみれば、思いつきで出た案ほどおっかないものはないからな。藩邸札がいい例だ。あれは、たしかに妙案だった。しかし、逆に藩を窮地に貶《おとし》めるものとなった。案は悪くなかったが、一練り二練りの工夫が足りなかったのだ。同じ轍《てつ》は踏むまいにな」

「思いつきなら、いくらでも出ます。ですが、それを採用するかどうかは殿……いや、大旦那様のご裁断でございます。良き案が出たとあっても、それからが肝心。それこそ練りに練る必要があります」

「だいぶ暗くなってきたな。そろそろ……」

城に向かおうかと忠介が言おうとしたところで、吉之助が言葉を遮る。

「百姓《ひゃくしょう》たちが六人ほどこちらにやってきます」

「ここでは百姓ではないぞ、吉之助。お百姓さんと呼びな。おまえら、誰のおかげでめしを食わせてもらってると思っていやがるのだ？」

「はっ、申しわけございません」

吉之助の頭が深く下がったところで、農夫たちが近づいてきた。余所者《よそもの》と思ってか、胡散臭《うさんくさ》そうな顔をして三人を見ている。

「あんたらこんなところで、何をしてんだっぺよ？」

農夫の一人が訊《き》いてきた。みな鍬《くわ》や鋤《すき》を手にもち、体は泥だらけであった。農作業の疲れが、全身に現れているといった姿である。

「農作業、ご苦労であったな」

忠介が、小さくうなずきながら答えた。

「あれ、このやろ。お殿様みたいな口を利《き》きやがんな……」

「もしかしたら、芋泥棒かもしれねえっぺよ」

「ああ、そうだっぺな」

勝手に判断したか、六人の農夫が鍬や鋤を振りかざし、三人を取り囲んだ。

「やい、何をしにここに来やがったっぺ？」

語尾の口調を上げながら、農夫の一人が問う。答えいかんによっては、鍬を振り下ろそうという構えであった。

三

つっ立って農地を見ていただけで、農夫たちのこの怒りようである。

農夫たちの態度に、尋常でない何かを感じ取った忠介は、仕方がないと身分を明かすことにした。

「おれは、小久保忠介という者だ。名ぐらいは聞いたことがあろう？」

「忠介って……まさか……？」

領民ならば、誰でもが知っている名と顔であった。

「おう。その、まさかよ」

薄暮の中で、忠介は網代笠を取った。

「あっ、ほんとだっぺや」

言ったと同時に農夫たちは、土下座《どげざ》をして忠介に拝した。

「おい、立ち上がれ。ここでそんな真似はするんじゃねえ。おれたちがなんでこんな格好をしてるのか、分からねえのか？」

べらんめえ調で忠介は農夫たちに問うた。

「おれたちは忍びで江戸から来た。どこで、幕府の目があるとも限らねえんだ」

忠介が農夫たちに向けて言った。

その間に、千九郎は吉之助の耳元で呟《つぶや》くように言う。

「吉之助さん、周りをぐるりと見回してください。誰か、怪しい者がいないかどうか……」

千九郎から言われ、気づいたように吉之助は周囲に目を配った。暗くはなっているものの、吉之助の目は利いた。

「誰もいないようだな」

「隠れているとも考えられます。そんなことを気にしながら、これからはお願いします」

ここでようやく柿の実数え役の吉之助が、同行する事情《わけ》を知った。

「たいへん重要な役目なのです」

千九郎から説かれ、自分の目に藩の浮沈《ふちん》がかかっていると取った吉之助は、俄然その気になった。

「よし、分かった。任せてくれ」

胸を叩いて、千九郎に答える。

すでに、六人の農夫たちは立ち上がって、忠介と向かい合っている。

「さっき、芋泥棒とか言わなかったか。どんな事情か、聞かせちゃくれねえか？」

「へえ、実はこういうことでありまして……」

農夫の一人が事情を説く。せっかく作づけた大和芋の種芋が田畑《でんぱた》荒しによって掘り起こされ、盗まれる被害が相次いでいるという。そのため、よっぴき交代で見張っているとのことであった。

「そいつはご苦労なこったなあ」

昼間は農作業で、夜は芋泥棒の見張りを余儀なくされている。この広い畑の、どこから侵入してくるか分からない。暗い中明かりも点《つ》けずに一晩中動き回る見張りも、相当に難儀なものだと容易に想像ができる。

「なんとかしねえと、いけねえな」

腕を組んで、忠介は考えはじめた。

「それで、今夜はおらったちが当番だっぺ」

「もう、へとへとなんですっぺよ。なんとかしてくだせえ、お代官……いや、お殿様」

一人が疲労困ぱいを訴える。藩主に対する直訴《じきそ》といってよい。

「……家老の太田《おおた》は何をしている？」

忠介の脳裏に城代家老の太田光善《みつよし》の皺顔《しわがお》が思い浮かび、誰にも聞こえないほどの声で呟いた。

「城にいるご家老たちに訴えたのか？」

「へえ。ご家老ではねえですが、一度見回りに来たご家中の方に言ったことがあったっぺ……」

「そんだな。よし分かったとそんときは言ってたが、何も手を尽くしてはくれねえだよ。もう、あきらめたっぺ」

そんだそんだと、農夫たちがうなずきながら言う。

「その家臣の名は、分かるか？」

そんな大事なことを、家老に取り次がないでどうすると、忠介の腹の中は煮えたぎる思いとなった。

「いいえ、名はきいてねえっぺ」

一人が首を振って答えた。

「そんなんで、こいつはご家臣さまに言っても無理だなと思って、自分らで守ることにしたんだっぺよ」

あらましはおおよそ分かったと、忠介は深くうなずいて見せた。

「すまぬが、今夜一晩はみんなでここを守ってくれ」

「へえ、もとよりそうするつもりだっぺ」

「大事な種芋が盗まれたら、どうにもならんからな」

一株で、いくつもの大和芋が穫れる。それが盗まれたとあっては、藩にとってもたいへんな損失になる。

「そんな道理が分からねえ家来なんて、この藩にはいらねえ」

憤りが忠介の口をついた。そして、顔が吉之助に向く。

「おい、吉之助。今夜はこのお百姓さんたちといっしょになって、泥棒を見張ってくれ」

「手前がですか？」

あまり乗り気のない返事であった。今夜はゆっくりと旅の疲れを癒そうと思っていたところで、忠介からの命《めい》であった。

「ああ、そうだ。どうやらおめえは夜目が利きそうだからな、一つ頼むぜ」

こうなると忠介の言葉は、いろいろな口調が混じり合ってくる。

「かしこまりました」

穏やかながらもいやとは言わせない語調に、吉之助は大きくうなずきを見せた。

農夫たちと共に大和芋畑を見廻るために吉之助を残す。

「朝になったら、城に来い」

そう言って、忠介と千九郎は城へと向かった。

すでに城門は閉ざされ、脇門にも太い閂《かんぬき》がかかっている。

「こいつは来るのが遅かったな」

門が閉められたとあっては、いくら藩主でもどうにもならない。忍びであるため、帰省のことは報せてはいなかった。

日はとっぷりと暮れている。もう、城内から家臣が出てくることはなかろうと、忠介は入城をあきらめることにした。

「腹が減ったな、千九郎。城下で何か食おうか」

「そうなされますか」

家臣たちの居住地を出ると、町屋になる。そこには一軒の旅籠《はたご》と、食事の摂《と》れるめし屋や居酒屋があった。

城下町とはいっても、さほど開けてはいない。二町も歩けば、通り過ぎてしまうほどの町屋であった。

「ここに入ろうか」

通りを歩いていて、一番先に目に入った赤提灯《あかちょうちん》の店に二人は入った。

まだ宵の口だというのに、客は一人もいない。四人掛けの卓が三脚あり、奥に入れ込み座敷がある小さな酒場であった。

「いらっしゃいませ」

背後からいきなり幽霊みたいに陰気な声をかけられ、ゾッとして振り向くとそこに十七、八の娘が立っている。

娘に、若さ特有の覇気《はき》がない。顔もいく分青白いようだ。

「久しぶりの、お客さん……そこに座ってくださいな」

真ん中にある卓を勧められる。樽椅子に腰をかけ、ようやく休むことができ忠介と千九郎はほっと安堵の息を吐《つ》いた。そういえば、ずっと歩きどおしか立ちっぱなしであった。

「お酒でよろしいでしょうか？」

注文を取りながら立ち眩《くら》みがしたか、娘がよろりとよろめいた。

「おい、だいじょうぶか娘さん？」

忠介が娘の腕をつかみ、倒れるのを支えた。

「はい、申しわけございません」

蚊《か》の鳴くような声で応える娘の、小枝のような細い腕に、忠介は尋常ならぬ気配を感じた。

「だいぶ具合が悪そうだな？」

娘を脇に腰掛けさせ、忠介が問うた。

「はあ……」

忠介が娘を相手にしている間に、千九郎は厨房《ちゅうぼう》のほうをのぞいて見た。首を捻《ひね》りながら、席へと戻る。

「厨《くりや》には誰もいません」

首を振りながら、千九郎は告げた。

「主《あるじ》はいないのか？」

「はい。脚気《かっけ》を患《わずら》って、奥で寝ています」

「すると、娘さん一人でここを切り盛りしているのか？」

「切り盛りというほどではないですけど、まあ……」

うな垂《だ》れながら、娘は言う。その様子を見た忠介と千九郎は、顔を合わせて首を振った。

「どうなされますか、殿……いや、大旦那様」

別の店に行くかと、千九郎は問うた。

「いや、何か事情がありそうだ。このままにはしておけんだろう。それにしても、様子がおかしいな」

「まったくで……」

娘に事情を問うと、この数日間客が一人も来ず、自分たちの食すらも賄《まかな》えないありさまだという。

壁には『味噌田楽《みそでんがく》』とか『大和芋おろし』など、酒の肴《さかな》となる品書《しながき》の札が貼ってある。

「腹が減ったのだったら、自分たちでもああいうのを食えばいいだろうに」

千九郎から娘に話をかけた。

「できれば、そうします。ですが……」

娘の話が途中で止まる。その先を知りたかったが、娘はしゃべるのも億劫《おっくう》そうであった。

「食いものがないというのか？」

「……………」

返事すら声を出すこともできず、娘は無言でうなずいた。食いものを扱う店だというのに、腹に入れるものは酒以外にまったくない居酒屋であった。

「どこでもそうなのか？」

「……………」

やはり、娘からの返事はない。うなずいたような、横に振られたような曖昧《あいまい》な仕草があった。これを忠介は、国元の想像を絶した食糧難と取った。

——これほどまで深刻になっていたとは……。

大変なのは分かっている。だが、ここまでの酷さが江戸にいる忠介の耳には入っていない。

「すいません、お客さん。酒が多少残っておりましたので、赤提灯に火を……」

点《とも》したと、気力を振り絞って娘が言った。

「一所懸命商いをしようとしたのですが、駄目でした」

肩を落とし、首がガクリとうな垂れる。

「余計に腹が減るだろうから、もう何も言うな」

——なんとかせねば、ならんな。

早く手を打たないと、領民が飢え死にしてしまう。焦燥《しょうそう》だけが忠介の、心の奥で募《つの》った。

娘にはいろいろと訊きたいことがあったが、この状態では無理であろう。

「千九郎、ここを出よう」

城下を回って、さらに実態を見届けようと忠介は言った。

「この娘さんは、どうなさいます？」

「今はどうすることもできん。このままにしておくよりない」

城が開いていれば、何か食いものでも届けさせるのだが、それすらも叶わない。自分たちの腹も、さらに空腹になっていた。

いっときの腹減らしは、我慢をしていればやがて収まってくる。しかし、飢えに近いところまで至っては我慢どころではない。

藩民が、すべてその状態であったら一大事どころではない。一揆《いっき》が起きないのが不思議なくらいだと、このとき忠介は思った。

四

食糧不足を思い知らされ居酒屋を出た忠介と千九郎は、通りを北に向かって歩いた。

「ここが鳥山藩城下の、目抜き通りだけどな……」

城下の目抜き通りといっても、人通りのほとんどない寂れ具合に忠介は大きなため息を吐《つ》いた。

それでもちらほらと、赤提灯の明かりを点し客を呼び込もうとしている店がある。

「どこに入っても、みな同じような店だろうよ」

「それにしても、今の店は酷《ひど》かったですね」

「ああ、なんとかせねばならんと、身につまされる思いだった。これは、もっと早く手を打たねばいけねえな」

江戸にいては、けっしてうかがえない光景を目の当たりにして、国元に戻ってよかったと忠介は心底から思った。ただし、まだ上辺だけを垣間見《かいま》ただけである。

芋泥棒といい、食べるものがない居酒屋といい、いったい国を預ける城代家老は何をしているのかと、一刻も早く詰め寄りたい忠介であった。

話しながら歩いているうちに、『めし』と書かれた赤提灯と縄暖簾《なわのれん》が庇《ひさし》にかかる店の前まで来た。めしが食えて酒が呑める煮売り茶屋のようである。

「この店に入ってみるか、千九郎」

「そうしましょうか」

腰高障子の遣戸《やりど》を開けようとして、引き戸に手をかけたところで忠介の動作が止まった。

店の中から、賑やかな笑い声が聞こえてくる。

「ここはずいぶんと繁盛しているようだぞ」

忠介は振り向き、千九郎に話しかけた。

「そのようでありますね」

酔い客が放つ声は、千九郎の耳にも届いた。

「どうも、いいことは言ってねえようだな」

「外で、少し聞いててみましょう」

遣戸を開けず、油障子越しに二人は店の中からの声を拾った。


先ほどの居酒屋とはうって変わって、この店は大盛況であった。

同じような造りの店だが、こちらのほうがいく分広い。

四脚ある卓はほぼ満席で、奥の座敷にも座卓が二脚あり、そこにも数人の客がいる。

二十人ほどいる客のほとんどが侍《さむらい》の形《なり》をしていて、隅《すみ》のほうで職人たちらしき町人が四人ほど、小さくなって酒を酌み交わしている。

二人の娘が、注文聞きと配膳に忙しそうに立ち回っている。

「おい、娘。大和芋のとろろ汁は、まだできぬのか？」

酒を配膳しに来た娘に、侍の一人が声をかけた。

「今、たくさん擂《す》りおろしていますから少々お待ちを……」

「早いところ、どんどんもってこい」

その声が外にいる忠介と千九郎の耳にも届いた。

「おかしいな。もうそんなにも大和芋は残っているはずがねえんだが……」

去年作づけした大和芋は、鬼怒川の氾濫で打撃を受けた。それでも生き残った大和芋を江戸に運んで金にしようとしたが、腐敗でその目論見《もくろみ》も徒労と化していた。

売りものにならなくなった大和芋だが、千九郎の機転でそれが千両の金となった。忠介が千九郎の、商人としての手腕を見込んだのはこのときであった。

いざとなったらこれを領民に食わせろと、いくらかは国元の食料蔵に保存させてある。ここに出回っている大和芋は、食料蔵にあったものと忠介は取った。

それを千九郎に小声で告げる。

「しかし、殿……」

千九郎も小声で返す。

「いくらなんでも、収穫した大和芋は半年ももつのでしょうか？」

江戸に運ばれた大和芋は、翌日には半分が腐っていた。水に浸った大和芋だけに、いくら保存の仕方がよくても半年はもたないだろうとは、農業には素人《しろうと》の千九郎でも分かる。

「それもそうだが、今娘がたくさんあるとか言ってただろ」

「客がどんどん持ってこいとも……」

どんな奴が言ってるのだと、忠介は遣戸を少しだけ開けて中をのぞき見た。

「ほとんどが侍の形《なり》をしてやがる。ずいぶんと酒を呑んで、景気がいいようだな。いったい、どこの奴らだ」

「わが藩の、家臣では……」

ここで侍といえば、鳥山藩の家臣しかいない。千九郎に言われてなくても、そのくらいは分かる。忠介としては、にわかには信じたくなかった。

質素倹約を謳《うた》えと国元にも触れを出している。しかし、ここにある様《さま》は、触れを無視した贅沢三昧《ぜいたくざんまい》にほかならない。しかも、ないはずの大和芋をなんら臆することもなく注文している。

「どういうことか、たしかめる必要が……」

ありますねと千九郎が言おうとしたところで、忠介の表情が変わった。

「おや……？」

「どうかしましたか、大旦那様？」

「ここは、殿様に戻らねえといけねえようだぜ千九郎。あの中に、とんでもねえ奴が入ってやがる」

十数人いる侍の中で、一際恰幅《ひときわかっぷく》のいい家臣が交じっている。年は四十前後で、奥の座敷で一人泰然自若《たいぜんじじゃく》として酒を呑んでいる。その貫禄は、侍たちの中でも群を抜いていた。

「まったく、藩の重鎮があれではな……」

「重鎮と申されますと？」

「いいから、見てりゃ分かる。おれは網代笠を目深に被って入るとするぜ。言うまで、殿とは絶対に口にするな」

「かしこまりました」

簡単な打ち合わせを外で済ませ、忠介の手で遣戸が開いた。千九郎だけ、笠を取って顔を晒《さら》す。

すると、卓に座っていた家臣たちの顔が一斉に二人に向いた。

「いらっしゃいませー」

娘の、明るい声が聞こえて来た。先ほどの居酒屋の店の娘と年は重なるが、まったくその表情には雲泥《うんでい》の異なりがあった。

目の前にいる客の大半が家臣である。忠介の心にさらに憂いがこもった。

「どこか、席は空いてませんかね？」

忠介が、網代笠の中から店の中を見回す。

「ええい、空いてる席なんぞないからほかの店に行け。ここは、余所《よそ》者が来るところではない」

忠介と千九郎の商人の行商姿を見て、家臣の一人が居丈高《いたけだか》に食ってかかってきた。

「そう言わずにお侍様、この一日ずっと歩いてきまして、ようやく鳥山藩の城下にたどり着きました。もう、一歩も歩けぬほど腹を空かしております。席を詰めれば二人くらい座れるでしょう。お頼みいたします」

哀願するように、忠介は言った。

「いや、駄目だ。それに、武士に向かって席をどけなどと、よくも商人の分際で言えるな」

「どけなどとは言っておりません。ただ席を詰めてくれと……」

「ええい、つべこべと抜かしやがる。早くここから去らぬと、痛い目に遭わせるぞ」

一人の家臣が、刀の柄《つか》に手をやりながら立ち上がろうとする。

「まあまあお武家様、そんなにお怒りにならずとも。ですが、どうして手前どもがここから出ていかなくてはならないのですか？」

「気に食わんからだ。だいいち、武士の前で編み笠など被って無礼であろう。まずは、笠を取ってから言え」

「笠を取れない事情《わけ》がございまして……」

「だったら、出てけ」

「笠を取っても……」

よろしいのですかと訊こうとしたところで、奥にいた職人風たち四人が立ち上がった。

「あっしたちはもう出るから、旅人さんたちここに来て座ればいいさ」

親切そうに、職人の一人が言ってくれた。

「おまえたちは、余計なことを言うのではない。いいから、そこに座っていろ」

「ですが、そろそろ刻限ですから……」

「そうか、ならば行くがよい。しっかりと仕事をしろよ」

発破《はっぱ》をかけられ、四人が店の外へと出た。勘定を払わずに店を出たところは、どうやら職人たちは、家臣たちと関わりのある者たちと見える。

その空いた席に、忠介と千九郎は座ろうと向かった。

「おまえら、どこに行く?」

「あそこの席が空きましたので……」

「駄目だ、とっとと帰れ。これからわれわれは、大事な話があるのでな……」

家臣が一人立ち上がり、忠介と千九郎の行く手を拒んだ。すると、奥の座敷から声がかかった。

「いいではないか、めしぐらい食わせてやれ」

一番恰幅のよい、武士から許しがあった。

「ありがとうございます、お武家様……」

笠を取らず、頭だけ下げて忠介と千九郎は一番隅の席に座った。忠介は、顔を見せぬよう千九郎を奥に座らせ、自らは家臣たちに背中を向けて網代笠を取った。

卓の上がきれいに片づけられ、忠介と千九郎はようやく腰を落ち着けることができた。しかし、忠介の腹の中は煮えくり返っている。

家臣たちを相手にする娘の声が聞こえてくる。

「大和芋御膳、お待ちどうさまでした」

家臣たち全員に、大和芋御膳が配膳された。

「おう、待っておったぞ」

憮然としていた家臣たちの顔が、にわかにほころび機嫌がよくなった。

忠介たちのところに、娘が注文を取りに来た。

「何にいたしましょう？」

「手前たちにも、あの大和芋御膳というのをいただけますか？」

忠介が、娘を背にして注文を出した。すると、その声が聞こえたか家臣の一人が立ち上がり近くへと寄ってきた。

「ならん。大和芋御膳は余所者には食わせられん」

「おや、どうしてでございましょう？　こちら鳥山は大和芋がおいしいと、楽しみにして来たのですが……」

「いいから、ほかのものを食え。大根粥《だいこんがゆ》でもなんでもあるではないか」

「おや、鳥山藩では旅人に好きなものを食べさせないとでも言われるのですか？　そんな横暴な藩、見たことも聞いたこともありませんな」

忠介と家臣のやり取りを、千九郎はうつむいて聞いている。このあとどんな展開になるのか、興味津々《しんしん》といった思いであった。

家臣に背中を向けて、忠介が対峙《たいじ》する。

「ええい、つべこべと小うるさい商人だ。こっちを向いて話せ」

「向いてもよろしいですかな、そちらにおられる田中《たなか》様？」

衝立《ついたて》一つ挟んだ向こう側にいる、恰幅のいい武士に向けて忠介は声をかけた。

「えっ……？」

遮る衝立の向こうから、驚くような声が返ってきた。

五

忠介と千九郎に、家臣たちの目が集中した。

「拙者の名を知ってるとは……おい、衝立を外《はず》せ」

命ぜられた家臣の一人が、衝立を外す。

「久しぶりだな大番頭《おおばんがしら》さま……」

忠介は、ニコリと笑いを浮かべて大番頭と呼んだ男に本性《ほんしょう》を晒《さら》した。

「こっ、これは……」

大番頭といえば、城代家老に次ぐ藩の重鎮である。名を田中巻兵衛《まきべえ》といった。

声にも出せない田中の驚嘆ぶりである。とろろ芋が載った丼をひっくり返すと、田中は畳に額《ひたい》をつけて拝した。その光景を、家臣一同が呆気《あっけ》に取られて見ている。

忠介は土間のほうを振り向き、家臣たちにもその顔を晒した。藩主を見知らぬ家臣は、この中には誰もいない。

「あっ！」

「うえっ！」

「おっ！」

驚嘆の声が、そろって口から出た。その先が言葉にならず、みな土間に顔を伏せて土下座《どげざ》となった。

「おい、せっかくの大和芋御膳がうまくなくなっちまうぜ。早いところ食ったらどうだい」

忠介に促されても、土間に座ったまま立ち上がる者はいない。

「数々のご無礼……」

田中も頭を上げられないでいる。畳に拝しながら無礼を詫びた。

「いいから、頭を上げない。そんな格好じゃ、話もできやしねえ」

商人から、すっかりべらんめえ大名に戻っている。千九郎は、黙ってその成り行きを見やっていた。

「はっ……」

まずは田中がゆっくりと、そしてばつが悪そうな表情をして顔を上げた。

「みんなもそんなとこに座ってねえで、樽に腰をかけたらどうだい」

家臣たちも腰が砕けたようによろめく足で土間から立ち上がると、すがりつくように樽に座った。

「さあ、早いところめしを食っちまいな。話は、それからだ」

忠介から言われ、全員黙々と食についた。先ほどまでの騒々しさとはうって変わって、通夜のような静寂さとなった。

娘二人が厨《くりや》の前で、呆然とした面持ちでつっ立っている。

「こっちにも大和芋御膳を、二人分くれねえか」

その娘たちに向けて、忠介は注文を出した。

「殿……」

すると、千九郎が小声で話しかけた。

「ここで大和芋御膳はまずいのではないでしょうか」

家臣たちの不正を見て取った千九郎は、忠介に進言する。

「まずいとは……？」

「どうやら、この大和芋はわけありのようで。一緒に食したとあっては、あとがやりづらくなるかと……」

「そうか、分かった。娘さん、大和芋御膳は撤回だ。大根粥にしてくれ」

千九郎の諫言《かんげん》に、忠介は注文をし直した。

これはまずいといった家臣たちの雰囲気が、店の中に漂う。

そんな気配を気にせず、忠介と千九郎は小声で話をする。

「今しがた、わけありと言ったがどういう意味だい？」

「もしや、あの大和芋は……」

「畑から盗まれた、種芋だとでもいうのかい？」

夕刻、畑であった農夫の言葉を思い出していた。

「……種芋泥棒の出没」

「それは、分かりません。ですが、その疑いも……」

あるのではと聞いて、忠介は啞然とする。もしそうだとしたら、藩の重鎮が率先しての不正である。

鳥山藩では大和芋は命綱である。六千坪分と押上の畑分の種芋を買うのに、すでに二百両もの金を費やしていた。

春から夏ごろには種芋から数本の新芋が芽を生やす。それが膨らんでいき、大きく育ったところで収穫をはじめる。秋から冬にかけてが、取り入れ作業となる。そんな大事な種芋の略奪に、藩の家臣たちが関与する。あってはならないことだ。

家臣を疑いたくなかったが、状況がまずいほうに向かっている。現に今目の前で、とろろ芋をツルツルと旨そうに啜《すす》る音を聞けば、なんともやりきれなさを感じる忠介であった。

末端家臣の千九郎としては、商いの種となる商材が、不正でもって収穫が落ち込むほうが大問題である。

千九郎は、大和芋一本を通常で売るよりも数倍高く売る術《すべ》を考えている。もし、細かく刻まれた種芋を、ここで家臣たちが食していたとしたらどれほどの損害になるか分からない。

——種芋一株から、いったいどれほどの実が成るのか。

芋づる式の計算が、千九郎の頭の中でなされる。

やがて大根粥が運ばれてきて、重苦しい空気の中で食事は済んだ。

忠介には、このあと重鎮田中を糾弾《きゅうだん》するという、気が重いことが待ちかまえている。どうやって話を切り出そうかと、忠介は迷った。

田中をはじめ、家臣全員がうな垂れて誰も忠介のほうを向こうともしない。沈黙が場を支配する。

静けさを破るきっかけを作ったのは、千九郎の忠介に向けての言葉であった。

「今ここに出された大和芋だけでも、ざっと二十五両の損失となります」

皮算用であったが、あえて話を膨らませて千九郎は言った。

「そんなになるのか？」

「しかし、問題はそんなことではございませんでしょう。まずは、不正を問い糾《ただ》すことが……」

「そうであったな……」

肝腎《かんじん》だと、千九郎は進言をする。

しかし、忠介は気乗りがしていそうもない。

「殿らしくないですな。ここはガツンといつものように……」

「よし、分かった」

千九郎の諫言《かんげん》に、忠介は大きくうなずいた。そして、その顔が田中に向く。

「ここで大和芋を腹いっぱい食えるというのは、いったいどういうこったい？」

「どういうこったいと申しますのは……」

意味が取れずに、田中が問うた。

「民は飢えを凌いでいるというのに、なんでこの店では大和芋を出せるかってことだ。それも、町人相手のめし屋を乗っ取ったように、家臣たちが占領をしてるなんてのは、ちょっとどころか大分《だいぶ》いただけねえな」

「占領などと……」

田中が口ごもりながら、首を振った。

「申し開きてえことがあったら、はっきりと言やあいいじゃねえか」

「そうではねえんです」

口を挟んできたのは、この店の亭主であった。

「手前は、ここの主《あるじ》で徳次郎《とくじろう》といいます」

五十歳も半ばであろうか、ひと目見た感じは実直そうな男であった。前垂れを取って、徳次郎は深く頭を下げた。

「そうではねえってのは……？」

「この大和芋は当家で保存していたものでして……」

「ということは、去年取れたものなのか？」

「へえ……」

しかし、徳次郎の返事は覇気がなく口ごもるものであった。しきりに田中の顔色を見ていたからだ。「主、話すでない」と言いたそうな表情が、田中の顔に見受けられる。

「その顔は、何か理由《わけ》があるんだろう。いいから話せ」

徳次郎の口から、その理由《わけ》が語られる。

「実は、お殿様が江戸にもって行かれた大和芋は、あれが全てではなかったのであります」

土嚢《どのう》を詰める頭陀袋《ずだぶくろ》で、五百袋ほどを忠介自らが江戸に運んだ。

「あれが全部じゃなかったってのか？」

どういうことだと、忠介の訝《いぶか》しげな目が田中に向いた。

「はい。やはり……」

「もういい、主。拙者から話す……」

徳次郎が語ろうとするのを、田中が遮った。

「殿が江戸に運びました大和芋とは別に、ご家老と相談してほかに百袋ほど国元に取っておきました。やはり、みんな江戸にもっていかれてはやるせないと思いまして……」

「それで……？」

　そんな話は聞いてないと、憮然とした面持ちで、忠介は田中の語りを聞いている。

「それで、たとえ一口でも味わおうと小切れにして家臣、領民で分けようという話になりました」

「それで、どうした？」

　忠介の顔が、だんだんと柔和になっていく。

「ですが、ただ単に分け与えることに反対したのは拙者でありまする」

「なぜだい？」

「それですと、働いた者と働かざる者が平等になってしまいます」

「それで、いいじゃねえか」

「収穫した作物を分配されるのは、誰にとってもありがたいことでありまする。しかし、いっときはよろしいでございましょう。ですが、長い目でみれば働かなくてもめしは食えるといった風潮になるのが恐ろしい」

「なんだか、難しい話になってきたな。要点だけを言ってくれ」

　話がこんがらがると、忠介は渋面《じゅうめん》を田中に向けた。

「大番頭《おおばんがしら》様が言いたいのは、働かざる者食うべからずといったことでしょう」

　そこに千九郎が、口を挟んだ。

「まあ、そういうことでして。ところで、この者は……？」

田中が、千九郎のほうを見ながら言った。

「おれの連れだ」

簡単に千九郎を紹介する。

「ならば、病《やまい》や何かで働けない者はどうする。子供や老体もいるぞ。それらは餓死をしろってのか？」

「そうとは言ってません。そこは助け合うといった慈悲の心も必要でして……」

「まあ、それはいいや。そんなことを論じてたら、夜が明けちまうわ。話を大和芋のことに戻そうぜ」

論点がずれてきたと、忠介が話の筋道を元に戻した。

「そんなんで、大和芋を売ることに決めたのです。ですが、大和芋をそのまま売っても面白くない。百袋を城下にある四軒のめし屋や居酒屋へ平等に卸《おろ》し、そこで売ることにしました。家臣やその家族、それと町人、商人たちには金を払ってそこで食えということですな」

「今しがた行った居酒屋では食うものは何もなし、ずいぶんと落ちぶれていたが？」

忠介の問いに、徳次郎が答える。

「居酒屋『のん兵衛』ですかい？　あそこの主は博奕《ばくち》好きで、配給された大和芋をあっという間に売っちまって、その儲けを鉄火場《てっかば》に納めたってことですわ。いっとき儲けたその後は、食いものを仕入れる金もねえであのざまにあいなったと……」

「ここは、繁盛しているようだが？」

「うちは、あんな馬鹿なことはしません。配給された大和芋を、すぐに自分の畑の渇いた土に埋め戻しました。腐敗したのも分けてもらい、肥料にすれば一冬ぐらいは保存できますからねえ。むしろ、今では大きく育ち量も数倍に増えてるってことです」

「徳次郎が、自分で考えたことか？」

「いや、手前では到底思いつきやせんでした。大和芋の栽培に長《た》けている男がおりまして、そのお方の知恵を借り……」

──去年の大和芋が残っていた。

話に興が注がれ、忠介と千九郎は一つ身を乗り出した。

六

田中たちはこの夜、一仕事終えたところで、家臣たちの慰労を兼ねての晩餐であったという。

忠介たちを追い出そうとしたのは、藩の内情を余所者に聞かせたくないこともあったと事情を語った。

徳次郎の店も、当初は大和芋を品書には出さず、顰蹙《ひんしゅく》を買って客が誰も寄りつかなかったという。それでも我慢を重ね、少しでも大和芋を増やそうとした。それが今では、四倍の百袋分に育っているという。

大和芋の栽培に長けている男から今が売りに出す時期と言われ、掘り起こしながらわずかずつ売っているとのことであった。

「それだったら、おれたちも遠慮なく食っておけばよかったな」

悔やむ思いが、忠介の口をついた。

「…………」

千九郎の返事がない。何かを考えている様子である。

「どうした？」

問う忠介に答えず、千九郎の顔が徳次郎に向いている。

「今ある大和芋、百両で江戸藩邸に売ってくれませんか？」

いきなり千九郎が切り出した。

「なんですって？」

徳次郎も驚いたが、鳥山藩の家臣全員も千九郎に目を瞠った。

何か思いついたかと、苦笑いしているのは忠介である。呆気に取られる徳次郎に向けて、千九郎がさらに言う。

「その、大和芋の栽培に長けている男というのはどなたで……？」

「半年ほど前に……あの水害のあとでしたか、城下の町外れに住み着いた『こんよう』という男でして」

こんようといえば、その昔薩摩芋《さつまいも》の栽培を普及させた学者である青木昆陽《あおきこんよう》を思い浮かべる。百年も昔の人なので、別人物であるのは分かる。それでも、なんとなくその名から芋の栽培に長けているとの想像がつく。

「明日にでも、訪ねてみませんか？」

千九郎が顔を紅潮させて、忠介に問うた。

「おれも、そう思ってたところだ」

心なしか忠介の顔も、上気して赤い。

その夜忠介と千九郎は、城下に一軒だけある木賃宿《きちんやど》に止まることにした。大番頭である田中巻兵衛の役宅に泊まってくれとの勧めがあったが、家族に大騒ぎされては休みづらいとこの夜は断ることにした。

それが裏目に出たと分かったのは、木賃宿に着いてからであった。

旅の疲れを癒そうと、熱い湯に浸かりたかったが生憎《あいにく》と風呂がない宿である。仕方がないと、この夜はすぐに寝ることにした。

客部屋も壁が破けたりしていて、貧相な宿である。敷蒲団はしばらく干していないのか、湿気《しけ》た感じで冷やりとする。掛け蒲団もあるが、茣蓙《ござ》のように薄っぺらい。

「これでしたら、大番頭様の屋敷に泊るのでしたね」

薄い蒲団に包まりながら、千九郎は隣の床に寝る忠介に話しかけた。

「寝ちまえば、どこだって同じだ。いいから、早く寝ろ。あしたは……」

早いぞと言おうとして、忠介の言葉が止まった。

「ん……？」

「どうかされましたか？」

「なんだか、腰のあたりが痒《かゆ》いな。あれっ、背中も痒くなってきたぞ。千九郎は痒くないか？」

「そう言われましたら……これは、何かおりますね」

痒みを感じるも、千九郎はさほどではないらしい。

蚤《のみ》か虱《しらみ》に食われたか、忠介の体のあちこちに湿疹ができている。堪らずポリポリと体中を掻きはじめた。とくに忠介は大和芋のあくで口の周りが赤くなるほど、肌が柔《やわ》にできている。

「殿、あまり掻かないほうがよろしいかと……」

「しかし、我慢ができん。一晩中これでは、堪らんぞ」

夜も更《ふ》けている。今さら宿替えはできないと、我慢しようと思うにも、痒さには耐えられない。ここにいたら、どれだけ食われるか分からない。

「ここを出ようぜ」

「ですが、どこに？」

大番頭様の屋敷に行こうにも、場所が分からない。

「さっきの、徳次郎の店にでも行くか」

逃げるように宿を出て、二人は先刻までいためし屋へと戻った。幸いにも薄明かりが灯っている。

「それは、災難でございました」

徳次郎は、快く受け入れてくれた。

「あの宿に泊ると言われましたとき、強く引き止めておけばよかったです」

「主は分かっていたのか、あの宿のことを」

「まったくといって、客のない宿でして。それでも以前は繁盛してたんですが、去年の水害で床上まで水に浸かってからというもの、主の万蔵《まんぞう》さんもまったくやる気を失せて、明日にでも宿を閉めようなんて言ってたくらいです」

ここにも水害の余波があったかと、忠介は身に染《し》む思いであった。

体に残る痒みを我慢しながら、その夜はとうとう一睡もすることができなかった。


翌朝、忠介と千九郎は網代笠を目深に被り城へと向かった。

こんようという男のもとを訪ねる前に、城代家老の太田光善と話をせねばならない。

城の門前に吉之助がつっ立っている。門前払いを食らい、城内に入れずにいたという。

「それはすまなかったな。ところでどうだった、芋泥棒のほうは？」

「四人ほど、町人が助っ人として加わりましたが、昨夜は出没しませんでした」

「助っ人か……」

忠介は、田中が差し向けた四人の職人風の男のことを思い浮かべた。

「夜明け方まで見張ってまして、一刻ほど農夫の家で休ませてもらいました」

「そいつはご苦労だったな。さて、城の中に入ろうか」

商人の形《なり》をして、開いている城門を潜《くぐ》ろうとしたところであった。

「あいや、待たれい」

門番が行く手を阻んだ。

「黙ってどこに行く？」

忠介は忍びの旅であったことを失念していた。となると、門番にも身分は明かせられない。

めし屋で会った家臣たちと、主の徳次郎には絶対に漏らすなと念を押しているものの、ほかにも藩主の国入りを知っている者たちがいた。

「……そういえば、きのう農夫たちにも顔を晒《さら》しちまったな」

今さら忍びでもなかろうと、忠介は網代笠の前を押し上げ門番に顔を見せた。

「これは……」

「そのまま立ってろ」

土下座しようとするのを、忠介は止めた。言われたとおり、門番は直立不動で立っている。

「城代家老に目通りしたいと、江戸から商人が来たと伝えてくれ」

かしこまりましたと言って、門番が城内へと入っていく。やがて、裃《かみしも》を着けた城代家老の太田と、きのう会った大番頭の田中が並んでやってきた。

「殿のご帰還は、田中から聞いておりまする。よくぞ、江戸からお越し……おや、首のあたりが赤くなってますが、いかがなされました？」

「木賃宿で、蚤か虱に食われた」

「いくらお忍びとはいえ、そんなところにお泊りなんて。でしたら……」

「まあよい、済んだことだ」

本丸に入り、藩主の寝所に近い御座の間で忠介は太田に国帰りの趣旨を告げた。

芋泥棒の件では、家臣も総出で畑を守らせるように太田に指示を出す。そして、百両の無心をした。

いくら貧乏藩とはいえど、百両くらいの金はある。徳次郎のところから大和芋を買うための資金であった。しかし、このときの忠介は、千九郎が何を考えて大和芋を仕入れるかまでは知るところではなかった。

大和芋を、頭陀袋で百袋仕入れて江戸に運んだところで、たいした商いもできないだろうと思うものの、そこは黙って千九郎に賭けていた。そうでなければ、末端家臣から大番頭《おおばんとう》にまで取り立てた意味がないと、忠介は自分に言い含めていた。

それでも昨夜、寝床の中で一言だけ聞いた。

「――大和芋を百両出して買って、何をしようというのだ？」

すると、千九郎も一言だけ答えた。

「百両を五千両にしようかと……」

――またまた大風呂敷を広げやがって。

千九郎の大言壮語を、忠介は肚《はら》の中で笑った。

――そのために、ここに連れてきたのだからな。

そして、自分自身に納得させた。

五日間の城中滞在を太田に告げた忠介と千九郎は吉之助を連れて、再び城下に戻ることにした。そして『こんよう』という男のもとを訪ねることにした。

七

『こんよう』の住まいは徳次郎から聞いていて、すぐに見つかった。

城下の町外れに、今にも朽ち果てそうな一軒家が建っている。家といえば聞こえがよいが、まさにそれは掘っ立て小屋ともいえる貧素なものであった。

「ごめんください」

「誰かね……？」

千九郎が中に声をかけると、渋みのある声が返ってきた。ガタガタと音を立て、建てつけの悪い遣戸がようやく開いた。

ぼさぼさの髪を伸ばし放題にして、背中にまで届く長さである。頬から顎《あご》にかけて、顔面も髭《ひげ》で覆われている。一瞬、熊にも見紛《みまご》うような容貌の男が暗い中から出てきた。素顔が分からず、年齢もはっきりとしない。

「こんようさんで……？」

「左様、わたしが根葉《こんよう》だが……」

一言聞いた言葉には、学のありそうな響きがある。声からすれば、四十歳の半ばあたりであろうか。

「かの有名な青木昆陽と、関わりがおありで……？」

「よく言われますが、まるで関わりがない。もっとも、かの昆陽先生とはやってることが同じかもしれませんが……」

見栄えとはうって変わって、人当たりがよさそうである。

「わたしの名は漢字で書くと、根っ子の根に葉っぱの葉と書く根葉です。苗字などはありません」

根に葉と書けば、まさしく大和芋に相応《ふさわ》しい名である。相当造詣《ぞうけい》が深いものとみてとれる。

「ところで、お宅さまたちはどちらのお方かな？」

「江戸から下野烏山に、大和芋を買いに来た者で……」

初対面の男である。まずは素性を隠すことにした。

「江戸は浅草で料理屋を営む『花膳《はなぜん》』の主で、忠兵衛《ちゅうべえ》と申す者です。この二人は、食材買い付けの手代です」

かねてから用意していた言葉を、忠介はすらすらと言った。

「江戸からわざわざ……それはご苦労さまでございます。江戸には行ったことがないので、浅草というところは知りませんが……。そんな遠くから大和芋を買いに来たのは分かりましたが、なぜにわたしのところに……？」

「先生は、大和芋の栽培に長けていると聞きましたもので、お訊きしたいことがありまして。昨夜徳次郎さんから、先生のことを教えていただきました」

忠介の口調は下手《したで》に出て、丁寧である。

「左様でしたか。それで、何を訊きたいと……？　まあ、汚いところだが外での話はなんです、さあ中にどうぞ」

親切にも根葉は三人を、家の中へと導き入れた。


外観は朽ちてはいるが、中は意外ときれいに整頓されている。

「ここに、お一人で住んでますので？」

連れ合いがいるのではないかと、忠介は訊いた。

「これでもわたしはきれい好きでしてな……」

言っていながらも、頭と顔の手入れは行き届いていない。六畳ほどの板敷きに、毛羽立った敷物が敷いてある。足の裏が、畳よりも心地よい。こんな敷物、大名である忠介ですら見たこともない。ましてや、千九郎と吉之助は驚きの一方であった。

「珍しい敷物ですな」

「これは絨毯《じゅうたん》と申しまして、遠く南蛮の毛氈《もうせん》でありますな」

「これをどこから……？」

興が湧いたか、忠介はさらに問うた。

「前にいました某藩……名は伏せさせていただきます。そこの殿様から、いただきました。その藩では、馬鈴薯《ばれいしょ》の作高をそれまでの五倍にして差し上げましたから。その礼として……」

「大和芋だけでなく、馬鈴薯もですか？」

「芋と名のつくものに関しては……ただし、薩摩芋《さつまいも》だけは昆陽先生の手前、触れてません」

「なぜに、この藩に止《とど》まろうと……？」

「昨年、大変な水害に遭われたと。せっかく大和芋を育てたのに、残念なことになってましたな。その後畑はどうなるのかと、しばらくここに住み着いて見てました。それにしても、もったいない」

「もったいないとは、水害にあった芋のことでしょうか？」

「それもあるが、二町歩もあるあれだけの広さに対しての作づけの量です。聞けば……」

農夫から聞いたのであろう。土嚢の袋の数に換算した取れ高を根葉は言った。

「いくら大和芋の栽培には素人でありましても、もっと多く種芋を植えられるし、たくさん収穫できたはずです」

たとえ水害で半分駄目になっても、収穫量が少なすぎるという。それについては、忠介はおかしいと思った。

——種芋は、畑の広さに見合うほど買い付けたのに……。

しかし、今は言葉に出せない。

「まあ、わたしでしたらあの土嚢の袋で換算したら、三千袋は……」

作れると豪語する。

「そんなお方がいたとは……」

知りませんでしたと言おうとしたところで、千九郎から袖を引かれた。きのう来た江戸の料理屋の主が、知らないのは当たり前である。

「この藩も、救われるでありましょうな」

と、急遽言い替える。

「ところで、なんでご主人は鳥山藩に大和芋の買い付けを……？」

根葉から逆に問われる。

「昨年、こちらの殿様が大和芋を江戸に運びまして、水害の罹災者に無料《ただ》で振舞われたのですな。その、とろろ芋の旨いの旨くないの……これを当店の売りものにしようと思いまして、まとまった買い付けをしたいと」

「左様でしたか。とあれば、ご主人はお目が高い。ここの大和芋は、一流でありますからな。だが……」

と言ったまま、根葉の言葉が止まった。表情が髭とぼさぼさ髪に隠され、曇っているのかどうか分からない。

「今来ても、量はさほどありませんぞ」

気の毒そうに憂いがこもる口調で、根葉が言った。

「残っているのは、徳次郎さんの畑にだけだ。それも、昨年収穫したもの……」

「経緯は、徳次郎さんから聞いてます。根葉先生のおかげで、量が数倍に増えたと」

「鳥山藩も、馬鹿なことをした。畑が乾き、肥料をくれて埋め直せば……」

さらに、数倍の収穫が見込まれたと残念そうに語る。

「わたしが来るのが遅かった。すでに大半を江戸に運んだあとで、残っていたのは徳次郎さんの畑だけであった。そいつを売るのをわたしはやめさせ、一冬越させて量を増やせと言った」

二十五袋の配給で、それを百袋分に増やしたと言っていた。

「徳次郎さんのところの大和芋を、百両で買い取りたいのですが？」

根葉に向けて言ったのは、千九郎であった。

「なんと、百両で……それで、徳次郎さんの答えは？」

「まだ、聞いてません。その前に、根葉先生からご意見をうかがおうと思いまして……」

「百両とは、安い」

「土嚢の袋にして、百袋ほどだと言ってましたので……破格な値だと思いますが」

千九郎が、訝しげな顔をして言った。

「とんでもない。土嚢の袋ででしたら、あの土地には今、五百袋分はありますぞ」

「えっ！」

と、驚く声が忠介と千九郎からそろって出た。

「わたしが育てる知恵を授けただけに、よくぞ増えた。それも、質のよい大和芋だ」

「今しがた、量はわずかだと……」

「千人で毎日それを食したら、どれほどもつとお思いで？　十日ももちませんぞ。五千人なら、二日で食い尽くしてしまう。それを大量と言えますか。もっとも、一軒のめし屋が売る量としては、膨大ですが……」

なるほど言葉の綾《あや》であると、千九郎は思った。

「それと、徳次郎さんの元には二十五袋分の大和芋と言ってましたけど、少なくとも百七十袋分はあった」

根葉の話を聞きながら、忠介があらぬほうを向いて考えている。

「分かったぜ、千九郎！」

すると、突然忠介が頓狂《とんきょう》な声を発した。

「すぐに、城に戻るぞ。その前に、徳次郎さんのところだ」

根葉が目の前にいるのにもかかわらず、忠介が千九郎と吉之助に向けて怒声とも思える声をあげた。

「えっ……城へ戻るとは？」

髭に覆われた口から、問いが発せられた。

「いや、なんでもありません。おかげで、助かりました。それでは、今日のところはこれで。またまいりますので、そのときは……さあ、行くぜ」

その慌てぶりに、根葉は顔に苦笑いを浮かべた。髭に隠れたその表情を、三人はとらえることはなかった。

徳次郎のところに寄ってから、急ぎ足で城に戻った忠介は、家老の太田を呼び出した。

「殿、何かございましたので？」

息が整ってないまま、吉之助が問うた。

「おまえは、黙っていろ。何があってもこれから起きることは絶対に口にするな」

「はっ」

得心《とくしん》がいかないか、首を傾げながら吉之助は返事をした。

千九郎には、おおよそのことが分かっている。目を瞑《つむ》り、黙ってそのときを待った。

「殿、何か急用だとか？」

息せき切って、家老の太田が御座の間へと入ってきた。

「田中巻兵衛は、いるか？」

「今、田畑を見廻っていると……」

「すぐに使いを出して、大至急呼び戻してこい」

毅然たる、藩主としての命令であった。

「田中が何を……？」

したのだと、太田の顔が歪みをもった。

「今まで、城代家老として何を見てたんだ？　まあ、いいから早くしろ」

忠介の逆鱗《げきりん》に、太田は立ち上がると御座の間から駆けるように出ていった。

家臣たちに命じてから、すぐに忠介のもとへと戻る。

「何が、ございましたので？」

「これから、田中を問い詰める」

「問い詰めるとは、穏やかではありませんな」

「その、穏やかでないことを田中はしておったのだ」

「なんですと！」

飛び上がらんほどの、太田の驚きのぶりであった。

「いったい、何を……」

「田中が来たら、話す」

どう問い詰めようかと、忠介の頭の中はそれで一杯であった。

第二章　一石三鳥の策

一

やがて廊下を伝わり、慌《あわただ》しい足音が聞こえてくる。

「殿、お呼びだそうで。田畑を見廻っておりましたので……」

遅くなりましたと、忠介に向けて大番頭《おおばんがしら》の田中が拝した。

「いいから、面《つら》を上げな」

忠介の顔が、苦渋で歪んでいる。その意味が田中には分かったようだ。一瞬にして血の気が引いたのが、場にいる者からでも分かった。

「どしたい、顔が青ざめてるぞ。どうやら、覚えがあるようだな」

「……………」

唇を噛みしめ、田中から言葉が出てこない。

この場にいるのは、忠介と田中のほかに三人だけである。家老の太田と千九郎、そして吉之助が、二人のやり取りを固唾《かたず》を呑んで聞き入っている。

「おれが江戸にもっていったのとは別に、まだ百袋あったのはいい。よかれとしてやったことだから、黙ってやったことでも咎めはしねえよ。しかし、それらとは別にまだ少なくとも百五十袋は隠してあったはずだ。それを着服したとあっちゃ、話は別だぜ」

「えっ！」

驚いたのは家老の太田と、吉之助であった。藩の重鎮である田中が大和芋を着服して、それをどこかに横流しをしていると聞こえたからだ。

顔面蒼白の上に、田中の体は震えをおびている。

「大和芋を売って、いったいいくらになったい？」

「売るなどと……」

蚊の鳴くような声で、うな垂れながら田中は答える。

「だったら、食っちまったかい？」

「……いいえ」

「ならば、どこに隠したい？　土嚢の袋にして今は少なくても五百袋分はあるはずだぜ」

「そんなにも！」

量を聞いて、驚いたのは家老の太田であった。

「…………」

「だったら言ってやろうか」

黙る田中に、忠介が追求をする。

「徳次郎さんとこは、自分の畑として店の裏に五百坪ほどもってるそうじゃねえか。そこを借りて、着服した百五十袋分の大和芋を埋めていたんじゃねえのか？」

「…………」

田中の顔から、脂汗《あぶらあせ》が滴《したた》り落ちるようになってきた。

「まだ黙ってるなら、こっちから本当のことを話してやるぜ。城に戻る前に徳次郎さんところに寄って畑を見て来た。ずいぶんと大和芋は育っていたぜ。とても、百袋どころではねえ。徳次郎さんが白状したぜ、田中様に畑を貸せとせがまれたってな……」

百袋分を徳次郎の取り分とさせて、口を塞《ふさ》いでおくことが田中の目論見《もくろみ》だったと忠介は言葉を添えた。そして、つづけて言う。

「いつまでも埋めてたって、あとは腐らすだけだ。明日にでも収穫して売りに出すところだったらしいな。どうやら買い手がついていたみてえだし、その打ち合わせを、職人たちを呼んできのうの夜……」

やっていたのだろうと、言おうとしたところであった。

「なりません！」

忠介の言葉を遮って、千九郎の絶叫が飛んだ。

田中が傍《かたわ》らに置いた脇差に手をかけ、素早く抜いたのを千九郎が気づき止めたのであった。田中の体を、千九郎と吉之助が押さえつける。

「頼む、自害させてくれ」

「ならねえよ、そんなことおれが許すはずもねえ。いいから、手を放してやりな」

脇差を取り上げ、田中の体から二人は手を放した。しかし、何かあってはならぬと、両脇に張り付いた。

「こんなことぐれえで死んじゃつまらねえよ。だったら、正直に話しちゃくれねえかい。徳次郎さんの畑で大和芋を増やし、それを売って藩の財源にあてようとしたってのをな」

「えっ？」

うな垂れていた田中の顔が、驚く表情と共に上を向いた。

「誰にも黙って大和芋を埋めていたのは、食われちまうのを恐れていたからだろ？」

「…………」

「黙っていねえで、そう言いな」

膝に置いた手の上に、二滴三滴涙をこぼしながら田中は小さくうなずいた。

「だとしたら、これほどの忠義はねえだろう。疑ったりしてすまなかったな。これで、詮議は終わりだ」

「殿……」

家老の太田も、忠介の温情裁きに異論はないようだ。大きくうなずき、賛同を示した。

「ところで大和芋だが、売りには出さずこれは藩のものとする。異存ないな？　徳次郎さんには畑の借り賃として、十両払うことにする」

「はっ……」

深く畳に拝したのは、田中巻兵衛であった。

五百袋分の大和芋を、たった十両で買い取った。大旦那様も、なかなかのやり手だと千九郎は思った。

一件を落着させ、太田と田中を下がらせた。

御座の間には、千九郎と吉之助を残す。

「殿、あれでよろしいので……？」

「ああ、いいさ。田中も魔が差したのだろう。だが、おかげでこの時期に、大和芋を五百袋も手に入れることができた。育ててくれてたんだ、帳消しってとこだな。そこで、当座そいつを江戸で売ることにするが、千九郎にいい考えがあるか？」

「その前に、大和芋を日持ちさせるにはどうしたらよろしいのかと……」

五百袋あるのはよいが、すぐには捌《さば》ききれない。暖かくなる季節である。傷《いた》みも早いようなことを、根葉も言っていた。

「……いったい、どれほどもつのか？」

それによって売り方を考えなくてはならない。右から左の横流しなら、さしてときは必要としない。だが、それでは藩の財政を立て直す礎《いしずえ》にはならない。千九郎の使命は、それを五倍十倍、いや百倍に増やすことだ。

「……保存さえ、できればなあ」

腕を組んで考える千九郎の呟きが、忠介の耳に届いた。

「だったらこれから、根葉先生のところに行ってみようじゃねえか。あの人なら、そのぐれえのこと分かるはずだぜ」

忠介の話に千九郎は賛同し、それではということになった。

網代笠を被り、商人の形《なり》になって再び根葉のところを訪れる。

「根葉先生、おられますか？　先ほど来ました……」

「ああ、先ほどいらしたお方ですな。どうぞ、お入りください」

中から声が返ると、建てつけの悪い遣戸を無理やり開けた。すると、ガツンと戸板が敷居から外れる音がした。

「一度外れると、なかなか元に戻せませんでな、そのままにしておいてください」

言われたものの、そのままにはしておけない。

「吉之助、直しておいてくれ」

「かしこまりました」

外れた戸板を吉之助に直させ、忠介と千九郎は中へと入った。

「実は、お訊きしたいことがありまして、またうかがいました」

一日に、二度来る客にも根葉は親切に応ずる。

「お訊きになりたいこととは？」

家の中から聞こえてくるそんなやり取りを耳にしながら、吉之助は外れた戸板を敷居にはめている。だが、根葉が言ったように、なかなか元に戻すことができずに困った。

「……いったい、どうしたら戻せるんだい？」

戸板一つ嵌《は》められないのかと、千九郎の詰《なじ》る声が聞こえてくるようだ。吉之助が焦る心で戸板の桟《さん》をつかんだそのとき、ふと他人《ひと》の視線の気配を感じて脇を向いた。すると、黒い人影が塀の陰に入る瞬間が、吉之助の目に映った。しかし、それが何かとまでは、吉之助の思いは至らない。

「……おかしいな？」

と呟くのは、なかなか敷居に嵌まらない戸板に向けてであった。

家の中では、根葉が大和芋保存の方法を伝授している。

「それでしたら、なるべく寒いところにおいておけばよろしい」

「寒いところと言われましても……」

江戸市中では、そんなに寒いところはない。むしろ、これから暑い季節に向かっているのである。それに、近ごろでは何が原因かひところよりも、夏が暑くなってきている。どんなに考えても、寒いところは思いつかない。

忠介と千九郎が、首を捻って考えているところに根葉が口にする。

「江戸市中では、そんな寒いところが見当たりませんかな？」

髭の奥にある顔は、あたかも他人《ひと》に向けて嘲笑《ちょうしょう》しているようだ。まるで、子供を相手の謎かけ問答である。

そのとき、戸板を直した吉之助が入ってきて座に加わった。それにかまわず、忠介が根葉に向けて問う。

「冬でもないのに、江戸市中にそれほど寒いところはありますかな？」

「ありますとも、絶好のところが……」

根葉が、顔を天井に向けて言った。顔が上に向いた仕草を見て、千九郎が口にする。

「それってのは、山のほうですか？」

山のてっぺんはたしかに寒いであろう。だが、そんなに高い山は江戸にはない。

「いや、そうではないな。江戸で山といったら、上野のお山か飛鳥山《あすかやま》くらいなものでありましょう」

江戸には行ったことがないと、前に言っていた。浅草も知らない者が飛鳥山と言ったのを聞いて、千九郎の首がいく分傾《かし》いだ。

「ならば、いったいどこに？」

そんなことぐらい、いい加減に教えろとばかりに、忠介は一膝のり出して訊いた。

もうそろそろよかろうかという表情をして、根葉がおもむろに語り出す。

「でしたら教えましょう。近在に古井戸はありますかな？」

「古井戸かあ……」

なるほどと、得心《とくしん》する思いが千九郎の口から出た。

「それもなるべく深くて水のない、涸《か》れた井戸がよろしいのだが……」

「分かりました。手前どもの屋敷には涸れ井戸はないが、近在で探すことはできる。ならば、さっそく江戸に戻って……」

「そうなされたほうがよい。深い土の中でしたら、夏中ももちますからな。秋になれば、新芋も収穫できますしそれでつなぐことができるというものです」

「ご親切に……」

大和芋の保存方法を聞いて、ほっとした思いで根葉の家をあとにした。

「いいことを聞いたな、千九郎……」

帰りの道々、忠介が千九郎に話しかける。

「そうだ、徳次郎さんのところで、昼めしでも食っていこう」

気がつけば、正午をとうに過ぎている。これからのことは、大和芋御膳を食しながら話そうということになった。

二

忠介たち三人がいなくなってからすぐ、根葉の家に一人の来訪客があった。

その客は、一風変わった家の入り方をした。建てつけの悪い遣戸を開けてではなく、天井裏からストンと下りてきた。

形は一見遊び人風である。唐桟《とうざん》の着流しを尻っぱしょりして、動きやすいようにしている。町人髷《まげ》には蜘蛛《くも》の巣がくっつき、着流しは埃《ほこり》だらけであった。見た目は二十五歳くらいで、根葉よりははるかに若い身の軽そうな男であった。

「久しぶりだな、申吉《さるきち》」

根葉の、よく知る男であった。

「はい、昨年の秋以来で……」

「天井裏で聞いていたということは、小久保忠介が国元に来たのを知っていたのだな？」

「はい。江戸からずっと、尾行《つ》けてまいりました」

「商人の形《なり》をしていても、こっちのほうでは露見しているのになあ、ご苦労なこった」

「供を二人連れ、水戸の黄門《こうもん》様を気取ってました」

「そんなことはどうでもよいが、やはり忍びで国元に来よったな」

「今度こそ、小久保忠介を失脚させ御前の大願を成就させる絶好の機会かと……」

「おい、それは滅多《めった》に口にするな。誰が聞いているとも限らん」

申吉という男の口を押さえて、根葉は言う。周りを見やり、気配を気にした。

「誰もおらんからよいが……」

「申しわけ、ございません」

「謝るのはいい。それより今しがた絶好の機会と言っていたが、何かよい手立てがあったのか？」

「はい、もうすぐ面白いことになるでしょう。それにしても、根葉とはよい名をつけましたなあ」

「ああ、そのためにずいぶんと大和芋のことは教わった。おかげで誰にも負けないくらい、ずいぶんと造詣《ぞうけい》が深くなったぞ」

「鳥山藩を潰《つぶ》すために、高山《たかやま》様もずいぶんとご苦労をなさいますねえ」

「御前《ごぜん》が鳥山藩を見張っておれ、というのでは仕方あるまい。おかげで、武士の格好は捨て、今では芋の先生だ」

「よくお似合いで……」

名を出さないまでも、御前と呼ばれるのは幕府の重鎮であることは知れる。二人はそこから差し向けられた隠密《おんみつ》であった。

「おそらくこちらには、五日ほどの滞在。すでに一日を費やしてますので、あと四日となりますか。はたして、十五日の月次《つきなみ》登城までに戻れますかな……」

名に違《たが》わず、面相も猿面である。不敵な笑いが、申吉の赤い顔に浮かんだ。

「申吉は、忠介の江戸帰還を妨げようとの肚《はら》であったのだな」

「左様で……そのための手を、夕べ打っておきました」

「それと、拙者の策も合わせれば……」

「高山様も、何か仕掛けましたので？」

「ああ。藩の重職に不正を働く者がおってな、それを暗《あん》にけしかけてやった。惚《とぼ》けながらも忠介の顔色が変わっておったぞ。うっかり、城に戻るとか口から出おってな」

髭面の下で、根葉もふふふと不敵な笑いを漏らした。

「これから城の中ではひと騒動が起こるであろう。藩主が大和芋を運んで、江戸に戻るどころの話でないぞ。小久保家は真っ二つに割れ、その騒ぎの顚末《てんまつ》を見届けてから御前に告げるつもりだ」

「もう、鳥山藩の小久保家もおしまいですな」

「ああ。それでもって、本家である小田原の小久保家にも累《るい》がおよぶであろうよ。さすれば、老中である小久保忠真も失脚の憂き目を見ることに……」

「高山様も……。誰が聞いておるか、分かりませんぞ」

「左様であったな」

根葉の家で、そんな会話がなされていることなど露ほども知らず、徳次郎のめし屋でツルツルと音を立て、忠介たちは麦めしにとろろ汁をかけた御膳を旨そうに食っている。

大和芋御膳を食し終わり満足をするも、忠介にはつらいことが待っている。

「こんなに旨いとろろ汁でも、難点が一つあるな」

忠介の、口の周りが大和芋のあくで赤くなっている。

「食ったあとが痒くて堪らん。だけどな、いい方法を教わっている」

主の徳次郎を呼んで、酢を出してもらった。それを水で薄め、口の周りを拭くと不思議にも痒みが治まる。以前、お喜代《きよ》という腰元から教わった方法だ。その縁で忠介は、今はその腰元を側室にしている。

お喜代は地場産業である、醬油蔵『正満屋《しょうまんや》』の次女であった。

千九郎は忠介の口の痒みのことなど気にせずに、一心不乱で考えている。

「……いかにして売るか、それが問題だ」

ぶつぶつと呟きが口から漏れてくる。

「……それともう一つ、大和芋だけでなくほかにも抱き合わせて売れる商材があればいいのだが」

千九郎の呟きに、忠介の話が重なる。

「薄めた酢で口の周りを拭くのがいいと教えてくれたのは、醬油屋の娘での……」

「……醬油？」

その部分だけ、千九郎の耳に高鳴って入った。小器に入った、琥珀《こはく》色の液体を思い出す。

「旦那様、今しがた醬油とおっしゃいませんでしたか？」

「ああ、言ったがそれがどうした？」

「なぜに醤油と口になされました？」

「なんだ、千九郎はおれの話を聞いてなかったのか？」

憮然とした面持ちで、忠介は言った。

「申しわけありません。考えごとをしておりましたものですから」

「何を考えていたい？」

「商材が、大和芋のほかにないものかと。それだけだと、どうしても売りの線が弱いものですから。そこに、醤油と聞こえまして……」

「醤油なら、ここにも『正満屋』という醤油蔵があるが、それがどうしたい？」

「えっ、醤油蔵がここに……？」

醤油蔵が烏山藩の地場産業であることを、ここで千九郎は初めて知った。

「どこにあります、その醤油蔵は？」

「城下の外れにあるが。今、行ってきた根葉先生のところとは、逆の方角にあるがの……」

まだ千九郎の頭の中が、忠介には読めていない。訝《いぶか》しげな顔を向けた。

「そこで、とろろ芋用の醤油が造れませんでしょうか？」

「とろろ芋用の醬油だと……？」

さらに忠介の額に、縦皺が一本増えた。

「今ここにある本来の醬油では、駄目なのか？」

「それでもよいのですが、さらにとろろ芋に合った醬油として……」

「だんだんと、分かってきたぞ。その醬油も一緒に売り出そうってのか？」

「名産品として箔《はく》がつくことになれば、さらに売りが見込まれてくると思われます」

忠介の額から縦皺が消え、体が卓の上で前かがみとなった。

「だったら、醬油以外にももう一つあるぞ」

ニヤリと笑って忠介が口にする。

「もう一つとは……？」

「隣の黒羽藩《くろばね》は、養鶏が盛んなところだ」

「養鶏ってなんでございましょう？」

それまで黙って話を聞いていた、吉之助が口を挟んだ。

「鶏を養うって書いて、養鶏と言う」

「鶏ですか……ということは、卵」

吉之助でも、鶏から卵が産まれることぐらいは知っている。

「そうだ。卵を入れるといっそう美味になるからなあ。しかし、鶏の卵は値が張って、なかなか町民には手が出せんものだ。滋養をつけるにはもってこいなのだが、それが難点といえる。だが、大量に生産して……」

「それも一緒にして売りに出せば……」

忠介の言葉尻をとらえて、千九郎が口にする。しかし、言葉に出したものの、忠介の顔は冴えない。

「だが、これから鶏を増やすにしても、ときがかかるからなあ」

鳥山藩内の農家で飼う鶏が産む量だけでは、とても売りものとして賄《まかな》えるものではない。江戸でもって大量に捌くには、それなりの鶏の数がいる。それと、割れやすい生《なま》ものなので、江戸まで運搬するのが一苦労であろう。

「それでしたら、よい方法が……」

千九郎が口にする。

「ほう、あるというのか？」

「押上《おしあげ》村の庄屋である八郎衛門《はちろうえもん》さんに、話をもちかけてみたいと思います」

去年、腐敗した大和芋を肥料としてもち込んだことがあった。業平橋《なりひらばし》の近くに、大和芋畑を作ったのも、そのときに話をつけたものだ。

「農家も忙しいだろうに……」

「一軒一軒で鶏を飼っても、回収が手間取りはかがいきません。それに、数も高がしれてます。ここは一か所に鶏をまとめ……」

と言ったところで、千九郎の顔が吉之助に向いた。

「えっ、俺……？」

「これは、相当に大事な部署となります。柿の実を数えるよりも、遥かに重要であるのはお分かりですよね？」

「ええ、まあ……」

「それと、これは吉之助さんでなければならない仕事です」

煽《おだ》てもまじえて、千九郎は言う。

「俺でなければ……？」

「そうです。鶏が産んだ卵を目敏《めざと》く見つけるのは、達人でなくてはできない仕事です。柿の実どころではないですぞ」

さらに千九郎は、吉之助の心に薪《まき》をくべた。

「それは分かったが、おれ一人でやるのか？」

「いや、到底一人では無理であります。鶏に餌を与えたり……そうだ、ここは松尾《まつお》さ鯉の餌やりんにも一緒にやってもらいましょう」

鯉の餌やりと千九郎は御池鯉餌役番《おいけこいえさやくばん》の松尾留五郎《とめごろう》の顔を思い出した。餌と口にして、千九郎は御池鯉餌役番の松尾留五郎の顔を思い出した。鯉の餌やりが毎日の業務の、松尾にはうってつけだと千九郎は一つうなずいた。


「それと、御庭番掃除役配下の竹田《たけだ》さんにも手伝ってもらい……」

きれい好きな鶏のため、養鶏場の整理整頓にはもってこいだと千九郎は言う。

「それに、もう一人……そうだ、板野《いたの》さんにもやってもらいましょう」

板野とは、千九郎よりも二歳上の男である。草履《ぞうり》監視役である板野定八《さだはち》は、千九郎に反感をもつ一人であった。来客の草履がなくならないかを見張る、これも閑職中の閑職に身を置いていた。

「卵泥棒を見張るのに、これまた適材で……」

適材適所に人を選ぶ。千九郎の裁断で、鶏卵産出事業の人選は整った。

「その長を、吉之助さんにお願いします」

「だけど、板野さんがいるから……」

やりづらいと、吉之助は気が乗らぬようだ。一歳年上で、これまでは板野の言うなりになって、千九郎に反発をしていたのである。そんな板野の上に立つなんて、とてもできないと首を振る。

「そんなことを言ってる場合じゃねえだろ！」

藩主忠介の一喝《いっかつ》が飛んだ。

「千九郎は大番頭だ。その千九郎が言うことは、おれが言ってることと同《おんな》じってことだ。この大事なときに、くだらねえことでうだうだ言ってる奴には用がねえ。家禄を没収して、藩から放り出してやるぞ」

「ははぁー」

忠介のやくざ仕込みの啖呵《たんか》に、吉之助は畳に拝した。

三

畳に伏せる吉之助を見ながら、千九郎はなおも考える。

「……大和芋に醤油に卵、それと米に麦もある」

商材は、そろった。それを一緒にして売れば、一つの商材が数倍にもなって返ってくる。そこに千九郎は目をつけたのであった。

素材はそろうものの、どうやって売り捌いたらよいかまだ策は浮かんではいない。それが命題であるも、とりあえずは素材の調達にかからなくてはならなくなった。

鳥山藩の国元にいられるのは、あと四日しかない。その間に、とろろ汁に合う醤油が造れるかどうかを、醤油蔵にたしかめなくてはならない。

「殿……いや、旦那様……」

外では忠介は、商人の主である。

「醤油蔵……」

「よし、『正満屋』にだな。これから行こう」

一言だけで、忠介には千九郎の言いたいことが分かった。

めし代の勘定で、徳次郎を呼び出し、銭を千九郎が払った。

「田中様から聞いてると思いますが、三日後に……」

「聞いております。畑の貸し賃として、すでに十両もいただきました」

「百両で買うと言っておきながら、すまないです」

千九郎の詫びに、徳次郎が首を振る。

「とんでもない。その百両だって、本来は田中様の……」

ものになってしまうとまで言おうとして、徳次郎の口が止まった。

「それは、言わないことに……」

と、千九郎が制したからだ。

「あとは、よろしく……」

大和芋の収穫は、農夫たちをかき集めての人海戦術でするつもりであった。それを荷車に積み、一気に江戸へと運ぶ算段である。

「……涸れ井戸を探さないといけないか」

まだまだやるべきことが山積している。千九郎はふーっと大きくため息を一つ吐いた。

醤油蔵『正満屋』は、そこから二町ほど南に行った那珂川《なかがわ》の川沿いにあった。

ぐるりと周囲を頑丈な土塀が囲み、昨年の水害にも蔵に水が入ることはなかった。度重なる那珂川の氾濫に対処するための塀であったが、それにも増して川には恩恵があった。諸味《もろみ》を作る塩水に、水質のよい那珂川の水は欠かせない。

忠介は網代笠を目深に被り、職人たちに正体が分からぬように母屋へと回った。

「主の正左衛門《しょうざえもん》さんはおられるかな？」

広い三和土《たたき》に立って、忠介は奥へと声をかけた。

「はーい、どちらさんだっぺ？」

ほっぺたを赤くした、十三歳ほどの小娘が乳飲み子をおぶい顔を出した。幼いころより奉公をしている、子守娘であった。

「おれだよ……」

「これは！」

いきなり笠を取って晒した顔に、子守娘は飛び上がらんほどの驚きを見せた。よく知る顔であったからだ。

「……お殿様」

声に出せず、口がもぐもぐする。

「いたら早いところ呼んできてくれんかな、お末《すえ》ちゃん」

「はっ、はい……」

「赤ん坊を落とさぬよう、気をつけて行きな」

傍らで控える千九郎は、このときも忠介の人となりを感じていた。小娘である子守役にも、名を言って奢《おご》ることはない。

奥からどかどかと廊下を伝わる音が聞こえ、やがて恰幅のよい男が顔を姿を現した。

「ご無沙汰してますな、正左衛門さん……」

「これはこれは、お殿様……おい、何をしている。早くすすぎをもってこぬか」

いきなりの藩主の来訪に、家の中が俄然慌てふためく。

「騒がなくても、いいぜ。きょうは殿様でもなんでもねえ、お忍びだからな。この形《なり》を見れば分かるだろう、まるで商家の若旦那に見えねえかい」

忠介は、自らの口で若さを強調した。

「ええ、まあ……とにかく、上がってくだされ」

正左衛門は一瞬眉根をしかめたが、すぐにおだやかな顔へと戻した。

「こっちが千九郎で、大番頭。あっちが吉之助といって、手代だ」

荒い口調で紹介をされ、正左衛門に向けて、二人はお辞儀で挨拶をした。


いくら商人と名乗っても、殿様を下座には座らせられない。

屋敷の中でも、一等の客部屋に案内してもてなしをする。

忠介の横に脇息を置き、そのすぐ脇に千九郎を座らせた。吉之助は、千九郎の斜めうしろに控える。その座る位置に、正左衛門の首がいく分傾いだ。

——殿様と横並びになって座る家臣は、世の中におるまい。千九郎という男、いったい何者？

疑問が正左衛門の脳裏をよぎる。そんな訝しげな顔を、忠介はとらえた。

「この男はおれの片腕だ。商才があってな……」

「ほう、商才ですとな」

語りの途中で、正左衛門が口を挟んだ。

「ああ、藩の財政を立て直すために大番頭に抜擢した。まだ、若いがやり手だぜ」

忠介が千九郎をもち上げる。

「左様でございましたか。これはお若いのに殿様のおめがねに適《かな》い、たいしたお方でございますな」

歯の浮いた世辞には、千九郎は動じない。そんな挨拶はときの無駄だと、千九郎は忠介の袖を引っ張った。早く本題にとの意思を示す。

「うむ。ところで、正左衛門どの……」

小さく千九郎に向けてうなずくと、忠介は柔和な顔を厳しくして正左衛門に向いた。

「はい……」

この日来た用件が語られる。正左衛門は居住まいを正して、忠介に向き直った。

「千九郎から、話せ」

忠介が、話を千九郎に振る。正左衛門の向ける目が、千九郎へと移った。

どこから話せばよいかと、千九郎はいく分の間を取った。そして、おもむろに語りはじめる。その前に、おっほんと一つ咳払いをした。

「当藩はこれから大々的に、名産品として大和芋を売りに出そうと思っております」

「昨年は、せっかく作った大和芋を水害で失くし、大変でございましたな」

「いいから口を挟まねえで、千九郎の話を最後まで聞いてやりな」

他人《ひと》の話に口を挟む癖のある正左衛門を、忠介がたしなめた。

「今この藩の畑に、土嚢用の頭陀袋で五百袋分の大和芋があるのが分かりました」

「ほう、種芋を植えたばかりでもうそんなに育ちましたか？」

またも口を挟まれるも、千九郎が正左衛門をたしなめることはできない。

「いや、昨年のものです。運よく、それだけ残ってました。これには、本当に助かります」

柔和な面相で、千九郎は答えた。

「その大和芋を数日のうちに掘り出し江戸に運ぼうと思っておりますこれから暑くなる季節で保存が問題ですが涸れ井戸の中に入れておこうと思ってますそれを江戸で売るのですが……」

正左衛門から口を挟まれないよう、息つく間もなく千九郎は早口となった。

「こちら様の醬油を抱き合わせて売ったらどうかと考えました」

「ほう、それでしたらいくらでも卸しますぞ。なんせ、当方には売るほどありますからな」

少し言葉が途切れると、間髪《かんはつ》おかずに正左衛門の言葉が返る。

「ただ卸していただくだけなら、わざわざここにはまいりません。そこで、相談なんですが……」

「相談とは？」

難しい話でないかと、正左衛門が一瞬たじろぐ表情を見せた。

「大和芋のとろろ汁に、一番相応《ふさわ》しい醬油を造ってもらいたいのです」

「相応しい醬油とは？」

「とろろ汁の味が、さらに引き立つような特撰銘柄の醬油を……」

「そいつは、難しいですな」

千九郎の言葉を遮り、正左衛門は首を振りながら依頼を拒んだ。

「なぜにできないのだ？」

忠介が、体を前にせり出して問う。

「第一にございます。このご時勢、あまり贅沢品を売ってはいかがなものかと……」

質素倹約の触れが、幕府から出る時勢である。普通の醬油ですら贅沢品とみなされるのに、そこに特撰などがついてはと正左衛門の気持ちは消極であった。

「そんなことは正左衛門さん、あんたが決めることじゃねえぜ。藩主であるおれが決めることだ。こんなご時勢だからこそ、とろろ芋でも食わせて世の中に元気になってもらおうと思ってるんじゃねえか。世間に活力を植えさせてやろうというのよ」

それを、鳥山藩が率先してやろうというのが忠介の主張であった。

「地場の産業を活性化させ、藩が潤う見本を示すのがこの鳥山藩の役目よ」

さらに大儀を口にする。

「お殿様のご立派な考えは、充分に分かりました。手前も大いに賛同いたしましょう。しかし……」

「しかしとは、まだあるのか？」

「醤油というものは一日や二日でできるものではありません。新しく醤油を造るには、大豆を仕込んで熟成させ、諸味を造るまでに少なくとも二年を要します。特撰醤油ならなおさら、味を作り出すためにさらなる探究を目論見《もくろみ》ませんと……」

「そいつは分かってるぜ。そこをなんとか……千九郎、どれほどで作ってもらいてえ？」

「できましたら、一月《ひとつき》内で……」

「なんと、一月ですか？」

とてもでないと、正左衛門は激しく首を振る。

「そこをなんとかできませんかねえ、父上……」

忠介の言葉に、正左衛門が耳をほじくる。

「えっ、今なんと？　父上とか聞こえましたが……」

「ああ、父上と言いましたですよ。お喜代を側女《そばめ》にしましたので」

「えっ、なんと！」

驚きのような、たじろぎのようななんともいえぬ複雑な表情に正左衛門はなった。

声を震わせて言う。

「先だって宿下がりをしたとき、喜代は何も申してはおりませんでしたが……」

「黙っていろと、おれが言ったのだ。江戸のほうに話が聞こえてきては、ちょっとまずいのでな」

江戸藩邸には、悋気《りんき》の強い正室がいる。忠介は、そこに気を遣っていたのである。

藩主の側女となれば、腰元の中でも出世である。しかし、正左衛門には反面、娘を寝盗られたという思いも宿る。

「そんなよしみで、なんとか頼めねえかい？」

忠介が、親子の情でもって訴える。

「分かりました……」

正左衛門は押し切られる格好となった。

「ただしですが、職人頭《がしら》の政吉《まさきち》がなんと言いますか……」

醤油造りに関しては、政吉という男に任せてある。自分の一存では答えられないと、
正左衛門は職人頭を呼んだ。

四

正左衛門のうしろに、政吉が控える。

三十歳半ばの、醤油焼けをしたような色の黒い実直そうな男であった。

「大和芋のとろろ汁に合う醤油ですかい？」

なんとも漠然とした要求に、政吉は首を捻《ひね》って考えた。そして、口にする。

「ところで、なんでそんなにこだわるんです？」

政吉の問いに、千九郎が答える。

「鳥山藩で採れた大和芋に、箔《はく》をつけるためです。とろろ汁の味を際立たせる醤油に
米も麦も鶏の卵も添えて、ひとまとめにして藩の名物として売りに出そうかと……」

とまで言ったところで、千九郎の言葉が止まった。天井を見上げて、考えている様子だ。

「どうした、千九郎？」

「ちょっとお待ちください」

忠介の問いを制して、千九郎が言う。上を見つめて考えるのは、何か思いついたときの千九郎の癖であった。

「……そうか」

呟きが千九郎の口から漏れる。

「……こいつはいい考えだ」

ポンと掌《てのひら》を叩き、自分の考えを自賛する。そんな千九郎の様子を、三人が怪訝そうな顔をして見やった。

「やはり、一月《ひとつき》以内でなんとかならんでしょうか？」

政吉に顔を向け、千九郎が問う。

「……一月ねえ」

腕を組んで考える政吉の口から、苦渋の声が漏れた。

「なんとかしろ！」

とうとう忠介は、藩主としての権威を口にした。

「はい。なんとかいたしましょう」

このとき政吉は、とてもなんとかなるとは思っていない。だが、忠介の号令とも思える命令に、調子をつけて返してしまった。

「よし、それでいい。あとは旨い醬油を造ってくれるよう頼んだぜ。千九郎、用が済んだからこれで帰る」

忠介が、帰りを急《せ》いたのには理由《わけ》があった。千九郎が思いついたという考えを、早く知りたかったからだ。

「あのう、娘のことは……？」

立ち上がった忠介に、正左衛門が遠慮がちに口にする。

「心配するない。お喜代のことは、おれに預けておけばいいさ」

喜ぶべきか憂えるべきか、どっちとも取れない。返す言葉もなく、正左衛門は頭を下げた。

忠介と千九郎がいなくなった客部屋には、正左衛門と職人頭の政吉が残った。

二人は頭を抱えて、しばし無言であった。

「どうすんだ、政吉？」

なんとかすると言った手前、忠介の要望に応えなくてはならない。ようやく政吉の口から言葉が漏れた。

「こうとなったら、造る以外にないでしょうな。その大和芋に合う、特撰醬油ってのを」

「一月以内で、どうやって造るってのだ？」

蔵元の御曹司として育った正左衛門には、醬油を造る細かな技の知識が欠けている。

「最初から造ったら、そりゃ一月なんかでできるわけありません。ですから、今ある醬油の味を変えたらどうかと……」

「なるほど」

政吉の言葉に、正左衛門は光明《こうみょう》が見えた思いとなった。

「ですが……」

「ですがとは、なんだ？」

あまり聞きたくない言葉である。一瞬明るくなった正左衛門の表情に、再び曇りがかかった。

「とろろ汁に合う味って、いったいどんなのです？」

政吉の問いは、最も根本的なことである。甘いか辛いか苦いのか。はたまた、濃いのか薄いのか。しょっぱいのか酸っぱいのかとまで入れれば、味も数十通りに分かれてくる。

「なんとも分からんな」

正左衛門が腕を組んで考えるも、とろろ汁の味すらも忘れている。

「そうだ、大和芋は徳次郎のところにあるといってたな」

さっそく正左衛門は手代を呼んで、徳次郎の店まで大和芋を買いに行かせた。やがて手代は、手のひら形に育った大和芋を十本ばかり買って戻ってきた。

「一両で、これだけしか買えませんでした」

「ずいぶんと、高いものだな。まあ、それはよしとして女中頭のお園《その》を呼んできなさい」

手代に命じ、やがてお園と呼ばれた女中頭が顔を出した。

「旦那様、お呼びで……？」

「至急、米と麦半々の麦めしを炊《た》いてくれ。炊けたら、この大和芋を二本ばかり、とろろ汁にしてもってきなさい」

かしこまりましたと言って、お園が去っていく。

麦飯が炊き上がったのは、それから半刻ほどあとのことであった。

「旦那様、炊き上がりました」

座敷には、職人衆が十人ほど並んで座っている。個々の前には銘々膳《めいめいぜん》が置かれ、めし碗と箸だけが載っている。

夕食には少々早い、試食会であった。

女中たちの手により茶碗に麦飯がよそられ、その上に大和芋のとろろ汁がかけられる。

すでに試食の趣旨は、正左衛門と政吉の口から職人たちに語られていた。

「まずは、本来の醬油で一口食べてみよう」

政吉の音頭で、職人衆が一斉に食しはじめた。

「これだけでも、充分に旨いもんだと思いますがねえ……」

職人の一人が、満足そうに口にする。

「おらもはあ、こんな旨いもん久しぶりに食ったたっぺよ」

齢《とし》のいった職人の言葉に、そうだそうだとみなが同意する。

「このままで、よろしいのではありませんかねえ」

どこに味を変える必要があるのかと、職人衆の一致した意見であった。

「いや、駄目だ。このままでいいなどと、おれたち職人衆の名に懸けても言えねえだろうよ。ここは、意地でも大和芋に合う醤油を造ってやろうじゃねえか」

職人頭政吉の発破《はっぱ》に、一同大きくうなずきを見せた。

「それでどうだい？　どういった味にすればいいと思う」

政吉が、職人たちに問う。

「あっしは、とろろ汁に甘みがあるんで、もう少し辛さを増したらいいかと……」

「いや、辛くしたらだめだっぺ。さらに、甘みを増したらどうだっぺよ」

「いや、違うべよ……」

喧々囂々《けんけんごうごう》と、職人衆の意見が飛び交う。その様を、主の正左衛門が目を細めて見やっていた。

みなそれぞれに好みの味が違うので、話がまとまらない。

「よし分かった」

政吉はうなずくと、女中頭のお園のほうを向いた。

「お園さん。ここに、砂糖と塩と酢とすり潰した唐辛子《とうがらし》を用意してくれねえかい」

かしこまりましたと言って、お園たちは一旦引き上げていく。しばらくして、女中たちの手で小鉢が運ばれてきた。それぞれの器に、味覚の基本である調味料が入っている。

政吉は、既成の醤油に少量ずつ調合して醤油の味を変えた。

「これを、少しずつかけて味をみてくれ」

それからというもの、しばらくは咀嚼《そしやく》の音しか聞こえない。やがて、麦めしが入ったお櫃《ひつ》と、とろろ汁を擂《す》った擂鉢《すりばち》の中が空となった。

「旨いのは旨いのですが、飛び切り旨いってものはありませんねえ」

若い職人が口にする。

「寅次《とらじ》の言うとおりで、おれもそう思った。どれも、五十歩百歩ってとこだな。塩はさらにしょっぱくなって駄目だけど。旦那様は、どう思われますかい？」

「そうだなあ。それぞれ、一長一短ってところだ。これだったら今の醤油でかまわんだろうよ」

単純に甘くしようがピリッと辛くしようが酸っぱくしようが、大和芋を引き立たせる味とはならなかった。

そこでの試食では、味への結論は出なかった。

「……そんなに単純ではないか」

暗中模索の心境に、政吉はふーっと深いため息を吐いた。

正満屋から城へと戻った忠介と千九郎は、御座の間で向かい合っていた。

座ると同時に、さっそく忠介が口にする。

「さっき、正満屋で千九郎はなんだかいい考えが思いついたようだけど、それってのは……？」

どんなことだと、前に置いた脇息に体を預け、頭をせり出して問うた。

「それでしたら、まだ思いつきですが……」

「思いつきでいいから言ってみな」

「江戸に、とろろ汁御膳だけを食わせる店を作るのです」

「なんでえ、そんなことかい。そのぐれえなら、おれだって考えてるぜ」

たいした考えではないと、忠介は脇息に乗り出した体を引いた。

「それくらいならば、どんな凡庸《ぼんよう》な人にだって思いつきます」

「そうかい……」

凡庸と言われ、忠介の気持ちがいく分引けた。

「要は、その店の出し方なのです」

「店の出し方……？」

「一店や二店そんなのを出しても、とても藩を救うほどの利は上げられません。そんな細かな商いではなく、ここはドンと……」

「ドンと、何をするってんだい？」

再び脇息に身を乗り出すと、べらんめえ口調で問うた。

「江戸中に、そんな店を少なくとも百店は出すのです」

「百店だとぉ……」

その数の多さに、忠介は呆れ返った語調となった。

「いつ？　誰が？　どこで？　何を？　どうやって……？」

呆れはしても、興味津々《しんしん》ではある。忠介は、矢継ぎ早に問いを発した。

「いつとは、今すぐからです。誰がとは……」

千九郎は、一つ一つの問いに答えた。

「まさか、そんなことが……」

できるのかと、千九郎の壮大な計画にはたまた呆然となった。

「やってもみないのにできないって言うなというのが、殿の口癖ではありませんか」

「そうだったな。それにしても……」

「この先を進めるかどうかは、殿……いや、大旦那様の胸先三寸にかかっているのです」

千九郎は、正座した膝を半歩押し出して忠介に進言する。

「殿が号令を一喝かければ、世の中が動き出すのです」

忠介の返事を引き出そうと、千九郎は少々大仰《おおぎよう》な言い方をした。

「よし分かった。やってみようじゃねえか」

何かをしでかそうとするとき、片腕の腕をめくるのが忠介の癖である。それを見て、千九郎は大きく一つうなずいた。

五

千九郎が思い浮かべた計画案は、おおよそ次の通りである。

一・大和芋御膳の営業販売権を第三者に与え、加盟金として対価を徴収する。その額は未定。

一・商標を決まったものに定め、商標使用料として月ごと晦日《みそか》に粗利《あらり》のいくばくかの歩合を徴収する。商標、歩合は未定。

一・大和芋等の商材は、全て当方から提供するものとする。他所《よそ》からの調達は、契約違反とみなす。

一・加盟者一人が複数店をもつことは大いに可能。その数に制限はなし。

一・販売に関しての知識や知恵、そして方法は当方から伝授するものとする。

箇条にして千九郎は考えを述べた。

「今思いついたのは、こんなところでしょうか。つまり、営業権を与えてやって、その代わり店を作って売るのは他人ってことです。要するに、元締め商売ってことです」

「そんなんで、儲かるのか？　それに、加盟者がいるかどうか……」

「そいつは分かりません。ですが、店を出す第三者にとっても有利なはずです。なんといっても、食いもの商売には素人でも、店を出すことができるのです」

「最初に加盟金とあるけど、それで尻込みするのじゃねえか？」

「たしかに、それは承知しております。そこを説得するのが、こちらの仕事。最初にそれなりの金が必要となってきますから、はいそうですかと二つ返事で乗ってくる人は皆無でありましょう。そこで、狙いは……」

千九郎は、一膝進めて小声となった。

「大店《おおだな》の商人に話をもっていくことにします」

「大店って、業種問わずか？」

「はい。呉服屋だろうが、両替屋だろうが、なんだろうが……」

「食いものに、関わりないところが飛びつくかな？」

「飛びつくように、仕向けるのです。それと、むしろそっちのほうが説得はしやすくなります」

「ほう、なんでだ？」

「大店の主となれば、子供は一人や二人ではないでしょう。本妻の子ばかりでなく、どこかに妾《めかけ》の子もいるはずです。しかし、世継ぎは一人しか要りません。かといって、子供全員に暖簾《のれん》を分けることも叶わない。実は、手前が考えたのはそこのところなんです」

「なんとなく、分かる気がするな」

「武家と同じで、世継ぎ以外は穀潰《ごくつぶ》しって呼ばれるのです。本業の暖簾を分けられなければ、中には道を外して渡世人になる者も出てくるでしょう。遊びに呆けて身代を脅かす者まで出てくると聞いてます。そんなことになるのでしたら、余った子供に店を与えて、商いをさせたらどれほどよいかと……」

「分かりすぎるくらい、分かるぜ。大店の主は、次男以降の子供の処遇に困っているってのを、おれだって聞いたことがある。そいつらに、店を与えるってことか」

「当藩は、それの元締めとなって歩合金だけを回収に走ればよいのです」

ならば少人数でもって百店、二百店の展開が可能になると千九郎は口から泡を飛ばして説いた。

熱弁の唾がかかると、忠介は首を左右に振って飛沫《しぶき》を避けた。

「なるほどなあ、そんなことは誰も思いつかねえぜ」

「加盟料は、一店につき百両は取れますね」

「ほう、そんなにか？」

――よしんば一店につき百両として、それが百店もあれば……それに足して、毎月の売り上げ歩合もか……。

頭の中で皮算用を弾き、忠介の顔が思わずほころびを見せた。しかし、その顔はすぐに真顔に戻った。

「そんなに金を出すところってあるのか？　いくら高く売っても、大和芋御膳だけじゃなかなか元は取れねえだろうよ。それに、店は自分で用意するんだろ……」

資本がいくらかかるのかと、忠介は相手のことを心配した。

「心配はご無用です。自分の倅《せがれ》たちに生きる道を与え、生活を安定させることができるなら、親はいくらでも金を出します。それと、まともに売ってもらえれば、数か月で元が取れる勘定になります。一店が一日百食売れば、すぐに元は取れます。なんといっても、食材はただ同然で卸すのですから……」

ここが説得の要だと、千九郎は説いた。

「ただし、こちらが気を遣わねばならないことが一つだけあります」

「なんだ？」

「安定した、食材の供給であります。むろん、大和芋は絶対に品不足にさせてはなりません。その心配をなくすために、根葉先生を顧問に迎えたらいかがかと思います」

「おれも、そう思っていた。あのお方の知恵を借りれば、三倍の収穫が見込まれるからな。作づけ農地も十町歩に増やし……」

「さすれば、三百店の賄いは悠々ですね。……一店が百食売ったとして、一日三万食か」

ぶつぶつと、千九郎まで皮算用を呟き出した。

「……一膳五十文として売れば、ざっと……ああ、算盤が必要だ」

頭の中では勘定しきれず、千九郎は皮算用を止めた。

忠介も、あらぬ方向に目を向けて考えている。

ときおりニコリと笑うのは、勘定が頭の中をよぎるのであろう。そして、顔が千九郎に向いた。

「こいつはすぐにでも、手をつけんといけねえな」

「ですが、殿。焦りは禁物です」

と言いながらも、千九郎の気持ちにも焦りが生じていた。できれば、早く手をつけたいと。

「大和芋と合う、旨い醤油が出来上がりませんと……」

「どうして、千九郎は醤油にこだわるのだ？　普通の醤油でも、よかろうに……」

「先ほども正満屋のご主人と政吉さんに申しましたが、本当はそんなのはどうだっていいのです」

「えっ、どうだっていいとは……？」

「これから言うことは、殿だけの腹の中に押さえといてください」

「ああ、もちろんだとも」

千九郎の口から、思いが語られた。

「なんだって、味などどうでもいいだと……？」

「むろん、旨いに越したほうがよいに決まってます。それをうまく造ってくれればよし、普通の醬油よりいく分か味が変わっていれば充分です」

そこまで味にこだわった大和芋御膳だと、名実を知らしめることが大事で、それにより本家本元の称号が得られるというのが千九郎の狙いであった。

千九郎が一番懸念しているのは、必ず似通った店が出てくることだ。特撰醬油を造るのは、その対策のためだと千九郎は説く。競合相手に対抗するためには、独自の味でもって確たる地盤を作らねばならない。相手との差別化を計るため、大和芋はむろんのこと、千九郎は醬油にも違いを求めたのである。

「そこまで、千九郎は読んでいたのか」

忠介の感慨は、一入《ひとしお》であった。

満足げな忠介に向けて、千九郎はまだまだ説く。

「大和芋に米と麦、醬油そして卵……ほかに何かあるかなあ。まあ、とりあえずそれを全て鳥山藩の産物で賄えれば、食材の仕入原価は……そうだ、大事なことを忘れてました。お百姓さんたちには食材を徴収する代わりに、働いた分の報酬を差しあげるのです。それを金銭にて支払うことにより、城下にはいろいろな店や市《いち》ができて賑わうことになるでしょう。国が栄えてこそ、殿の本懐といえるのではございませんか」

うーむと唸ったきり、忠介から言葉が出てこない。千九郎の深謀遠慮に、舌を巻いているようだ。

「細かなことはこれから考えるとしまして、あとは殿にやる気があるかどうかです。一石で二鳥も三鳥も狙うという計画ですが、いかがなものでしょうか？」

忠介の、肚《はら》の中を見越して千九郎が問うた。

「あたりめえじゃねえか。誰がやらねえなんて言った。これで、決まりだ」

口を引き締めて言う、忠介の燃える決意であった。

本格的な稼動は、この春植えた大和芋と米が収穫できる秋からとなろう。

最初から大々的にできるものではない。それまでは、徳次郎の畑に植わる大和芋にて、ちょうどいい試行の段階が踏めると千九郎はとった。

「今ある五百袋分で、試すことができます。それで、十から二十店分は賄えるでしょう。秋までに、それだけ店ができれば、そのあとはどんどん増やすばかりとなります。

ですから、これから秋までの半年が、鳥山藩にとっての勝負となりましょう」

「さっそく江戸に戻ってと言いてえところだが、まだまだこっちでもやることがあるな」

忠介が国元にいられるのは、あと三日ばかりである。

「大和芋を掘り起こし、江戸に運ぶ算段をつけないといけませんし、根葉先生に大和芋栽培の指導を願わなくてはなりません」

「それと、藩内の庄屋衆を集めて事業の発足を布告せんといかんしな。そうだ、太田と田中を呼ばんと……」

今千九郎と話したことを、城代家老の太田と大番頭《おおばんがしら》の田中たちにも説かなくてはならない。国元のほうの治めは、重鎮たちに委《ゆだ》ねることになる。

すぐに、藩の重鎮二人と勘定方の長である組頭が集められた。

忠介と千九郎が並んで座り、向かい合って太田と田中、そして勘定組頭の近藤《こんどう》が下座に着いた。

不正に対してのお咎めなしとなって、田中は頭を上げられぬほど恐縮している。

家老の太田は、忠介の度量の大きさにただただ感心をしたものだ。藩主となってまだ一年と日が浅い忠介に、重鎮二人は海よりも深い忠誠を誓っている。

「これから繰り広げる事業は、鳥山藩の浮沈に関わる大仕事である。家臣、領民そして国元と江戸とが一丸となって取り組まなくては到底叶わぬことである」

拝礼をする重鎮三人に向け、忠介は前置きを言った。

「ははぁー」

さらに三人の頭が下がった。

「それでだ、これから千九郎のほうからその事業内容を伝えるが、反対はならねえ。この鳥山藩の窮状を救えるのは、もうこの方法しかねえからな」

語る前から有無を言わせぬと断を下し、三人はますます恐縮をする。

「殿のやることに、誰が反対をいたしましょう。我ら家臣、たとえ火の中水の中、油や錘《おもり》を背負ってでも、飛び込む覚悟でござりまする」

太田が、ほかの二人の思いを含めて代表して言った。

「よし、そいつはありがてえ。みんなの命を、おれに預けてくれるか？」

「もとより……」

「相違……」

「ありません」

太田、田中、近藤と言葉をつなげて決意を言った。

「それじゃ千九郎、みなに事業内容を聞かせてやってくれ」

「かしこまりました。それでは、これからやろうとしている事業といいますのは……」

大和芋販売に対する仕組みを、まずは語った。江戸市中に少なくとも二百店舗を出店するという仕組みには、誰もが驚く表情となった。武士が商人の真似をという思いがあったか、近藤の顔が一瞬苦味をもった。それを忠介は見逃さない。

「反対はなしだと、言ったはずだぜ。武士が、なんで商人にならなくちゃいけねえのだと思ったんだろうが、そいつは違うぜ。数千人の家臣、領民を路頭に迷わせたくなかったら、武士も商人もねえ。藩の財政難を潤いまでに変えるのに、きれいごとを言ってる暇はねえだろうよ。勘定組頭なら、そのぐれえは分かるだろうぜ」

一人でも訝しく思う者がいたら、この事業は成り立たなくなると、忠介も気持ちをそろえさせるのに必死である。目の前に座る三人さえ説き伏せれば、国元は万全となるのだ。そんな思いが含まれた、忠介の啖呵であった。

そして、おおよそ忠介と話した事業展開が、千九郎の口から語られた。

「そんなんで、明後日にも庄屋衆を集めてくれ」

農民を束ねるのは、庄屋の役目である。事業展開を庄屋衆にも説き伏せ、農作物の供給を滞《とどこお》らせてはならない。

「収穫した商材は、庄屋衆の蔵に一時保存いたします。それを江戸に運ぶ管理を……」

「三人が、責任をもってやってくれ」

藩の重鎮に向け、千九郎の口からは言いづらいことを、忠介が引き継いで言った。

「かしこまりました」

重鎮三人のそろった声音《こわね》に、憂いを感じることはなかった。

これで、国元の家臣のまとまりは図れると、懸念が一つ減った忠介と千九郎はほっと安堵の息を吐いた。

六

翌日になり、忠介と千九郎、そして吉之助は商人の格好をして、三度《みたび》根葉のもとを訪れた。

「根葉先生、おられますでしょうか？」

相変わらず建てつけの悪い遣戸を敷居から外さないよう吉之助が注意深く開け、千九郎が中へと声をかけた。

「やはり来られましたか。どうぞ、お入りくだされ」

きのう来たときよりも、はるかに機嫌よく三人を中へと迎え入れた。

「あれから徳次郎さんのところに行って見てまいりましたが、思った以上に大和芋はよく育っておりました。土壌のよいところに埋めてさえおけば、ずいぶんともつものなのですな」

「そんなことも分からずに、よくも大和芋を売ろうなどと思いましたな」

忠介に対する口調は皮肉めいていても、顔には笑みが含まれている。そんな根葉の柔和な表情を見て、忠介は居住まいを正した。これから、本題を語ろうとする身構えであった。千九郎もそれに倣《なら》い、正座をし直す。

「ところで、根葉先生……」

「改まって、なんでござるかな?」

姿勢を正した忠介を見て、根葉の目に光が宿った。

「実は、根葉先生には隠しておいたことがございまして……」

忠介の言葉は、相手に一目《いちもく》も二目も置いた崇《あが》めるものとなった。

「隠しておいたこととは……?」

「実は手前どもは、浅草の料理屋『花膳』の主などといった者ではありませんでな……」

偽りを言った引け目と、本性を明かすうしろめたさが絡み、言いづらそうな思いが忠介の口調に表れている。

「ほう、なぜに偽りなどを……？」

「それには事情《わけ》がございまして、身分は隠しての旅でありました」

「身分を隠すとなると、相当な地位にあるお方でござるか？」

「はあ……」

「それで、どちらのお方と申すので」

「はあ、ここ鳥山藩の藩主でして……」

一拍言葉を置いて、忠介は身分を明かした。

「な、なっ、なんと！」

根葉は、飛び上がらんばかりに大仰《おおぎよう》に驚くと、三尺下がって畳に拝した。

「そんな格好は、およしくだされ。畳に拝さなければならないのは、こちらですから」

いつまでも頭を下げていても仕方ないと、根葉は体を起こし忠介と向き直った。

「ご藩主様が、なぜに……？」

「千九郎から話してやってくれ」

かしこまりましたと千九郎は一つうなずき、ことの説明に入った。大和芋栽培の指導を要請する件《くだり》では、「うーむ」と一つ唸って根葉は腕を組んで考えはじめた。その仕草には、引き受けるかどうかの迷いよりも、二つ返事をもったいぶる心根が感じられる。千九郎は、もう一押ししてみることにした。

「根葉先生のうしろだてがあれば、当藩は救われるのです。何卒、お力を貸していただきたく、切にお願いいたします」

千九郎が腰ごと曲げて、さらに嘆願する。

「…………」

それでも根葉の口からは、返事が出てこない。ただ首を横に振るだけである。しかし、もうひと願いすれば、中国の故事にある『三顧《さんこ》の礼《れい》』の倣《なら》いとなる。諸葛《しょかつ》孔明《こうめい》を気取るには、根葉に落ち着きのなさが感じ取れる。すぐにでも、受諾の返事をしたいのを我慢しているようにも見える。

相手の心根を知り、千九郎は別の策でいくことにした。

「分かりました。いやだとあらば、仕方ありませんな。殿、帰りましょうぞ」

さも簡単に引き下がろうとする千九郎に、根葉は焦る思いで引き止める。

「ちょっと、待ちなされ。誰がいやだと言いました」

腰を浮かして立ち上がる千九郎を、根葉は両手を広げて行くてを阻《はば》んだ。

「でしたら、頼まれていただけますか？」

根葉に向け、忠介が問うた。

「でしたらも、何もないでしょう。ご藩主様に嘆願されて、断る理由は何もありません。こちらから、ぜひともやらせていただきたいと思っていたところです。よくぞ手前みたいな者に声をかけてくださいました。まったく、ありがたい」

根葉の顔に、ほっと安堵した思いが見て取れる。額には、冷や汗さえ浮かんでいた。

「当方の願いをお聞き入れいただいたところで、当藩の事業計画ですが……」

千九郎が、大和芋販売事業計画の詳細を語りはじめた。二百店舗を目指すという件では、髭面の奥に開いたままで塞がらない口があった。

「そんな途方もない……いや、どでかいことをなされようとしておられるのでしたか。なるほど、手前の力を借りたいわけでございますな」

「得心をしていただけましたか？」

「しましたとも」

千九郎の問いに答える根葉の顔に、含み笑いがあったのを髭が隠した。

その帰り道であった。

「これで一つ、肩の荷がおりたな」

根葉を承諾をさせ、これで大和芋の量産が叶うと忠介は安堵する。

「左様でありますまま……」

と言うも、千九郎の口調に濁るものがあった。根葉の様子に、一つ引っかかるものがあったからだ。だが、ほんの些細なことなので深くは気に留めることなく、城へ戻るまでにそのことはすっかり頭の中から消え去っていた。

根葉の家には、三部屋ある。

その一部屋に人がいたとは、忠介たち三人は気づいていない。

「とうとう、鳥山藩に入り込むことができましたな、高山様……」

「ここでは、絶対に本名は口に出すな、申吉」

「申しわけございません、高山様……」

「ところで、藩主の忠介は名うての男よ。こっちで仕掛けた騒動の火種を、ものの見事に消し去ったようだ。鳥山藩は二つに割れるどころか、さらに団結が強まったようだな。まあ、それはそれでよいが……」

「ところで高山……いや、根葉さんは、まともに大和芋の栽培を師範なさるのですか？」

「あたりまえだ。相手の目を欺くためには、こっちも真剣にならんとな。それも御前からの指令だ。この通りに敵を欺き、しかるのちにこちらの思うところに導いてしまうというのが、御前の肚《はら》の内であるからな」

「ずいぶんと、陰湿で……」

「陰湿なのは仕方あらん。それが策謀というものなのだ。ところで、忠介を十五日まで江戸に戻さないために、どんな手を打った？」

「実は……」

　申吉は根葉の耳元に口を近づけてその策を語った。

「そっちのほうも、ずいぶんと陰湿だな」

「今夜あたりから、そろそろ効いてくるものと。さすれば、三日三晩は高熱に冒《おか》され、江戸に戻るどころではなくなりますぞ」

「それにしても、蚤や虱を寝床に撒くとは……」

「あんな汚い木賃宿に泊まってもらったのが、こっちにしては幸いでした」

「蚤や虱なんかに食われただけで、高熱に冒されるものなのか？」

「ええ。一か所か二か所食われたくらいでは、どうということもありませんが、数十か所もとなったら、体のあっちこっちが腫れてきて熱をもってきますさあ。そうすると、少なくとも三日ばかりは寝込むことに……昔からの丹古流《たんこりゅう》忍びの、常套《じょうとう》手段でさあ」

「伊賀《いが》や甲賀《こうが》流という忍びの流派は聞いたことがあるが、丹古流というのは初耳だな」

そんなのがあるのかと、根葉の首が傾《かし》いだ。

「忍びの流派はいろいろありますからね。名が知られたのもあれば、誰も知らない流派もあるのです。丹古流とは……」

「能書きはいいから、話を進めるぞ。それで、丹古流では蚤や虱でもって相手を病に冒させる術を使うというのだな」

「ごもっともで。名づけて『蚤虱《そうしつ》の術』ってやつで、これがそれでして……」

申吉は、懐《ふところ》からしっかりと蓋がされた小さな瀬戸焼きの容器を取り出した。

「この中に、蚤と虱が蠢《うごめ》いておりまして……蓋を開けましょうか？」

「いいから、そんなのは。早く、懐にしまえ」

「病に罹《かか》った猪《いのしし》の血を吸って育った蚤や虱ですから、余計に効くものと……」

「全身が痒くなってきた。もう、そんな話はいいからやめろ」

手を大きく振って、根葉が申吉の話を止めた。

「ならば、すぐに申吉は江戸に戻れ。御前に一部始終を告げるのだ」

かしこまりましたと言って、申吉が素早い仕草で根葉のもとを去った。鳥山藩の領土を出て、江戸に向かった申吉を見た者は誰もいない。

忠介の、体の容態がおかしくなったのはその日の夕刻からであった。

全身に、細かい発疹《ほっしん》ができている。その数、二十か所ほどある。痒みに堪らず掻いていたおかげで、発疹の周りがさらに赤く腫れてきている。それらが熱を発するようになってきた。やがて熱が体内にこもるようになると、忠介は起きていることもできず、とうとうその晩から寝込むこととなった。

額に手をあてると、火傷《やけど》をするほどの熱である。

御殿医《ごてんい》である啄安《たくあん》に診立てさせるも、一向に熱が下がらない。

「殿……」

だいじょうぶかと話しかけようにも、忠介は「はぁはぁ」と、苦しげに荒い息を吐くだけだ。だいじょうぶでないのは、見るだけで分かる。

「ますます容態が酷くなっているみたいですが……？」

問いが、くわいの芽のような髷《まげ》をした啄安に向いた。千九郎の憂いは、忠介の体のこともあるが、江戸への帰還にあった。

忠介が発症してから、すでに二日が経った。

あと一日で完治しなければ、十五日の月次《つきなみ》登城に間に合わなくなる。そうとなれば、小久保家の浮沈にも関わるほどの大事である。大和芋事業どころの話ではない。

この日も忠介の寝ている脇には千九郎と吉之助、そして啄安が付き添っていた。反対側で、側女のお喜代が心配そうに見守っている。

「なんとか、ならないのですか？」

焦燥に駆られる千九郎は、声音を高くして啄安に詰め寄った。

「なんといっても、未《いま》だに原因が分からんでなあ……」

頼りがいのない返事が、医者からは返るだけだ。

「原因は分かってますぞ。蚤や虱に食われ……」

それがもつ病原菌が熱を発しているのだと、千九郎はずっと説く。

「ならば、そなたはどうだ？　見れば、やはり同じように食われた痕があるがなんともなかろうに……」

思えば千九郎も、蚤や虱に食われて痒い思いをした。しかし、しばらく経ったがなんともない。

「もうしばらくしたら、手前も熱が出てくるものと……」

「いや、それはなかろう。殿と同じ虫に食われたならば、同じような症状となるのが道理というものだ」

忠介の発熱は、別なところにあると啄安は説いた。

「ならば、何が原因と？」

「分からんから困っておるのだ。それが分かれば、薬の施しようもあるのだが……」

眉間に縦皺をつくり、ほとほと困惑した様相で啄安は言う。

「とりあえず、熱冷ましだけは与えておるが……」

一向に効く気配がない。

「毒を盛られたということは、考えられんか？」

啄安が、他人《ひと》を疑うような目つきを千九郎に向けた。

「………」

そんな問いには答えず、千九郎は天井に顔を向け考えている。

「もしや……？」

首が傾いで、千九郎から声が漏れた。

「もしやとは、心当たりがあるのか？」

「おそらく。啄安先生は、麻疹《はしか》というのをご存じで……？」

「麻疹を知らん医者はおらんよ。それがどうした？」

「子供のうちに麻疹を患えば、一生それには罹《かか》らないと。そんなことを、聞いた覚えがありますが……」

「それは、人間には免疫という……もしやというのは、もしかして……」

「子供のころ、手前は酷い熱を発したことがありまして……思い出した。やはり、あのとき蚤か虱に食われ、すごく痒い思いをして……」

千九郎は、ようやく思い出した。はるか遠く昔、子供のころに罹った病のことを——。

「だとすれば、それかもしれん」

互いに言葉尻を取り合って、早口のやり取りが交わされる。

「原因は、やはり蚤虱に食われたことにあったか」

しかし、啄安は伏目がちとなった。原因が分かっても、療治《りょうじ》の術《すべ》を知らない。

病因を見抜けなかったことといい、治療の方法が分からないことといい、これでよく御殿医が務まるものだと、千九郎は心の中で侮《あなど》った。

──他人を誹謗《ひぼう》してても仕方がないな。

なんとかせねばと、千九郎が考えるも所詮は医者ではない。療治の術といえば薬草を煎じて呑ますのが常套なのだろうが、そんな知識はさらさらもっていない。

「解熱薬はいろいろとあるのだが……」

試してみたが、どれも解熱させるまでには至らない。忠介の熱に効く薬草が分からないと、啄安は匙《さじ》を投げた格好となった。

「そんなことを言わずに、もっと試して……」

と言ったところで、千九郎の言葉が止まった。

「あのとき呑まされたのは、妙に苦くて泥臭くて生臭く、気持ちの悪い味で酷くまずかったなあ」

薬には詳しくなくても、子供のころに呑まされた薬の味は覚えている。

「なんだか、トロッとしたものが口の中に入ったのを覚えている。それを呑んだ途端、熱が下がったようでした。あれはなんだったのかなあ？」

考えるも、当然千九郎には分かりはしない。

「薬草ではないが、解熱に効くのに蚯蚓《みみず》を乾燥させて、煎じたものがあるが……」

「……蚯蚓？」

「しかし、煎じたものはそんなにまずくはなし、呑みやすいものだ。すでに、殿には呑ませてあるが、効き目はなかった」

蚯蚓ではなかろうと、啄安は首を振った。

「そうか！」

千九郎の記憶が鮮やかによみがえる。

こんなやぶ医者なんぞあてにできないと、千九郎は腰を浮かせた。

「どこに行くのだ？」

訝しげに、啄安は千九郎に声をかけた。

「一刻《いっとき》の猶予もありません」

「何をしようというのだ？」

「問答している暇はありません。やってみもしないのに、端《はな》から無理とは言うなというのが、殿の口癖でありますから。もう、こちらでなんとかしますから、啄安先生はあっちに行っててください」

いれば、これからやることに反対されるだけでうっとうしい。はっきりと、啄安は頼りにならないと口にして、千九郎は立ち上がった。

「吉之助さん、殿のことを看ていてくださいな」

「分かった」

「半刻ほどで戻ります。それまでにお喜代さんは厨に行って、湯を沸かしておいてくれるよう頼んでもらえませんか」

「分かりました」

お喜代の返事を聞いて、千九郎は寝所の襖を開けた。その背中を、啄安の言葉が追いかける。

「何をするか知らんが、やっても無駄だと思うぞ。それよりも、この熱はあと二日もあれば引く。余計なことをして、病状が悪化したらどうする?」

「それでは、間に合わないのです。鳥山藩小久保家は、跡形もなく吹っ飛ぶのですぞ」

振り向きざまに千九郎は言うと、そのまま廊下を走るようにして去っていった。

第三章　大目付の皮算用

一

それから半刻後、千九郎は体中を泥だらけにして戻ってきた。

よほど急いできたのか、息が荒くなっている。手には、泥で汚れた手桶がぶら下がっている。

「お喜代さん、厨に案内をしてくれ」

忠介の寝所で千九郎の帰りを待っていたお喜代に、まずは声をかけた。

相変わらず忠介は、寝床の中ではぁはぁと高熱に魘《うな》されている。病状は変わらないどころか、ますます酷《ひど》くなっているようだ。
二、三日で熱は下がると啄安は言ったが、あてにはできない。これ以上熱が高くなったら、忠介の脳は侵され取り返しがつかぬことになるかもしれない。

手桶をぶら下げ、お喜代の案内で千九郎は厨へと急いだ。

厨では、料理番が湯を沸かせて待っていた。

「お喜代さま、湯を沸かせてありますが……」

「ご苦労でした」

お喜代の口調は、殿様の側女《そばめ》になりきっている。

「いったい何をなされるのです？」

料理番が、お喜代に問う。それには千九郎が答える。

「これをきれいに洗って、小鍋で煮立てていただきたい」

千九郎は言って、手桶の蓋を開けた。

「こっ、これは？」

桶の中身を見て、仰天したのは料理番であった。

「あれーっ」

と言ったまま、中身を見たお喜代は卒倒して床に倒れ込んでしまう。

「お喜代さま、しっかりしてくださいな」

千九郎が、お喜代を起こしにかかる。二、三度体を振ると、お喜代の薄目が開いた。

そこに千九郎は話しかける。

「おそらくこれを呑めば、殿の容態は回復すると思います」

「思うって……たしかではないのですか？」

体を起こし、問いを発せられほどにお喜代のほうはすぐに回復を見せた。

「分かりませんけど、試す価値はあります。しくじっても、腹をこわすだけでしょうから……」

それから四半刻後、桶の中身を煮沸《しゃふつ》した湯冷ましを、鍋ごと忠介の枕元へともってきた。

「お喜代さんの手で、殿に呑ませてください」

鍋から湯呑へと、千九郎が移し替えてお喜代に手渡す。

「これをですか……？」

湯呑から顔をそむけ、お喜代は露骨にいやな顔をした。

「全ては殿のため、藩のためなのです」

藩はともかく、お喜代は忠介のためにだったらなんでもする。千九郎の説得に、お喜代はうなずくと湯呑を手にした。

千九郎と吉之助の手で、忠介の体が起こされる。

「大和芋が……」

意識が朦朧《もうろう》としているのか、うわ言が忠介の口から漏れた。とても湯呑を自分で手にして呑める状態ではない。

「殿、これをお呑みくださいませ……」

お喜代の声かけに、忠介の口が半開きになった。

「今だ！」

開いた口に、お喜代が無理やり流し込む。半分ほどがこぼれて掛け蒲団に浸み、半分ほどが口の中に入った。

「げほっ」

無理やり口の中にものを入れられた不快さからか、薬湯の不味《まず》さからか、忠介は口の中に含んだものを腹の中に入れず、全て吐き出してしまった。

「なんだ、これは？」

意識がいく分回復したか、忠介が顔をしかめて問うた。

「殿、お気づきなされましたか？」

忠介の言葉の発しに、千九郎は多少なりとも光明を見た思いとなった。しかし、すぐに忠介の目は虚《うつ》ろとなった。

「もう一度呑まそう……」

鍋にたくさん作ってある。吉之助が湯呑に移し替え、再度試みる。

「一本、トロリとしたものも入れてな。なるべく大きいのを……」

お玉で薬湯をすくう吉之助に、千九郎が言った。

「こいつをですか……？」

「それが効くんだ……おそらくな」

吉之助の不快そうな顔に、千九郎は自信なさげに答える。

正気であったならば、けして口にできそうもない代物《しろもの》である。幸か不幸か、忠介の意識は正気ではなかった。

しかし、二度目の試みもしくじりに終わった。口から吐き出されたトロリとした物体が一本、蒲団の上に横たわっている。三度目、四度目も失敗に終わり、鍋の中身は少なくなった。

「弱ったな、これではいくらやっても駄目だ」

あと一、二杯で鍋の薬湯は底をつく。なくなったら、千九郎はまた大和芋畑に行かなくてはならない。

またも試みるが、忠介は全て吐き出してしまう。蒲団はもうびっしょりと、薬湯を吸っている。その生臭さが、部屋の中に漂った。

湯呑半分ほどに移し替えると、とうとう鍋の薬湯が底をついた。残っているのは、トロリとした物体が数本だけである。

忠介の着けている夜着も、絞ると汗と薬湯が滴《したた》り落ちてくる。いっとき一言問いを発し、回復したように見えた忠介の症状はさらに悪化しているようだ。熱で火照《ほて》った顔は、今は青ざめている。悪寒《おかん》が走るか、体がブルブルと小刻みに震えている。

余計に酷くなったかと、千九郎は憂えるばかりとなった。

「薬湯だけでも呑まそう。これが、最後だ」

と言って、千九郎と吉之助が忠介の体を起こす。だんだんと、その体が重くなってきているように感じる。

「それでは、お喜代さま、頼みます」

お喜代の体も、忠介の口から吐き出された薬湯を被りずぶ濡れである。それでもめげず、お喜代は千九郎の指示に従う。

愛がなければとてもできない行為だと、千九郎が思ったところであった。

何を思ったか、湯呑の薬湯をお喜代は自分の口に含んだ。その不味さからか、お喜代の端正な顔は見る間に醜く歪んだ。ほっぺたを膨らませたお喜代の顔が、忠介の顔へと近づく。そして、半開きに開いた忠介の口に、お喜代は自分の口を合わせた。

ゴクリと、忠介の喉が動いた。薬湯を呑んだ証しであった。

「もう一杯……」

と言って、お喜代はまたも自分の口に薬湯を含み、同じことをした。湯呑にあった薬湯は、忠介の体内へと入った。しかし、これでは足りない。

「トロリとしたものを、一本食べさせなければ……」

それが効果があるのかどうかは分からない。ただ、幼いころ自分がそれを食して助かったとの記憶だけが頼りであった。

同じことを、してあげようと――。

薬湯を、お喜代の口移しでようやく呑んだのである。

――しかし、見た目だけでも気持ちの悪いトロリとした物体を、はたして食すかどうか？

千九郎が考えるまでもなかった。

お喜代は、鍋の中から一本の物体を箸でつまむと、またもそれを自分の口に含んだ。

息を殺して、お喜代の顔は真っ赤となった。

忠介の目が一瞬開いたと同時に、口もいく分開いた。そこにすかさずお喜代は自分の口をあてた。

物体を吐き出さないよう、しばらくお喜代は口をあてた状態を保つ。

忠介の喉が、一際《ひときわ》大きく動いた。

とうとう、呑み込んでくれた。とりあえず、やることはやった。あとは、神仏に祈るだけだと千九郎の肩が、重い荷を降ろしたようにガクリと落ちた。

はあはあと、お喜代の荒い息づかいが聞こえる。

「お喜代さま、ご苦労さまでございました」

「いいえ、お恥ずかしいところをお見せいたしました」

お喜代の顔は真っ赤である。それは、呼吸を堪えた苦しさからでなく、女の恥じらいからくるものだと千九郎は取った。愛情がなければ、とてもできないことである。

「それにしても、あんな酷い味のもの、初めて口にしました」

口の中にまだ残るか、お喜代のきれいな顔がまたも醜く歪んだ。

「どんな、味がしましたか？」

「苦くて泥臭くて生臭い、気持ちの悪い味で酷く不味かったです」

――自分が呑んだのと、同じだ。

遠い記憶の味が、千九郎の口の中によみがえる。

お喜代の返しに千九郎は、忠介は必ずに回復すると、いく分かの自信が湧くのであった。

忠介の容態が変化の兆《きざ》しを見せたのは、それから四半刻後のことであった。

青ざめている顔色に変化はないが、苦しげに発するうわ言はやんでいる。やがて、正気とも思える一言があった。

「……寒いな」

びっしょりと濡れた夜具はすでに取り替えられているが、その蒲団も夜着も忠介の汗で湿気《しけ》っている。

小姓に三度、寝床を替えさせた。贅沢はできないと、殿様であっても薄べりの蒲団である。忠介は自分の力で起き上がると、新たに敷かれた乾いた蒲団に横たわった。

「うー、寒い」

周りに誰がいるかも気づかぬように、一言を発すると頭ごと掛け蒲団に潜《もぐ》った。

「殿、暖めてさし上げましょう」

お喜代が、着物の帯を解きはじめた。

「みんな、外に出ていようぜ」

千九郎が、吉之助と二人いる小姓に声をかけ別の間へと移った。

さらに、四半刻ほどが経った。

「殿がお呼びです」

控える間に入ってきたのは、きちんと着物を着込んだお喜代であった。

「すると……？」

「ご回復なされ、お元気を取り戻しておられます」

これにもない歓喜の声が、部屋の中で轟き渡った。

二

さっそく忠介の寝所《しんじょ》に、千九郎たちは赴《おもむ》く。

「殿、よろしいですか？」

閉まった襖《ふすま》越しに、千九郎が声をかけた。

「いいから、入れ」

正気を取り戻した忠介の声に、千九郎は安堵で肩の力が抜ける思いとなった。

襖を開けると、忠介が夜具の上に胡坐《あぐら》をかいて座っている。

「殿、ご無理は……」

禁物だと千九郎が言おうとするのを、忠介が止めた。

「もう、なんでもねえよ。それよっか、すまなかったな」

忠介の頭が、千九郎たちに向いて下がった。

「とんだ、心配をかけちまった」

「何を申されますか、殿。それよりも、ご回復……」

「もう、死ぬかと思ったぜ。それが、なんだかヌルリとしたもんが口に入って……ありゃ、不味かったなあ。いってえ、なんだいあれは？」

容態が回復すればそれでよし。大和芋畑から獲ってきた、滋養のある土で育った茹でた蚯蚓《みみず》などとは明かすまでもないと、千九郎は思った。

「神様から授かった、秘薬であります。お喜代さまの口から……」

「千九郎様……」

それは言うなと、お喜代が千九郎の袖を引っ張った。

そこに、廊下を伝わる慌しい足音が聞こえてきた。

家老の太田と、大番頭である田中が息急《せ》き切って寝所へと入ってきた。

「殿、お体が回復なされたそうで……」

「ああ、心配をかけてすまなかった。なんだか変なものを呑まされてな、そのおかげで熱が引けたようだ」

「なんと！　やはり大和芋の土で育った蚯蚓は効きましたか」

そんなものは呑ますなと、反対をしていた太田が満面に笑みを浮かばせて言った。

「ゴホン」と千九郎が一つ咳を飛ばすも、忠介の耳は太田の言葉をとらえていた。

「なんだと。ご家老は今、蚯蚓って……」

「殿、そんなことよりも明日は江戸に出立《しゅったつ》せねばなりません」

忠介の言葉を遮り、千九郎は話の先を変えた。

「そうか、三日も寝込んでおったか。それで、大和芋の穫り入れのほうは……？」

「はい。今日中にはすべて……明日には江戸に出荷できるよう手配ができております」

大番頭の田中が、忠介の問いに答えた。

「荷車を、馬に引かせて江戸に戻ります。朝にここを出立すれば、明後日の夕刻までに江戸屋敷に着くことができまする。一日でも回復が遅れていたら、大変なことになりました」

千九郎の話に、忠介は大きくうなずきを見せた。

「これも、蚯蚓のおかげってことか？」

「御意」

太田と田中が、そろって頭を下げた。

その日の夕刻。暮《くれ》六ツに、あと四半刻と迫ったころであった。

醤油蔵『正満屋』の主正左衛門と、職人頭である政吉が鳥山城へとやってきて、忠介との目通りとなった。

一段高い御座に忠介が、脇息に体をもたれて座っている。回復したとはいっても、病と闘った疲労は残っているようだ。

下座に太田と田中、それと向かい合って千九郎と吉之助がいる。その間に挟まれるように、正左衛門と政吉が忠介と向かい合って座った。

忠介の病は外には聞かせられない秘事となっていたので、醤油蔵の二人は三日も寝込んでいたことを知らない。

「お殿様、少々お疲れのようで……」

他者から見れば、やはり普段とは違った感じに取れるのであろう。

「そのように、親父殿には見えるか？」

「ええ、まあ……」

大名から親父殿と言われ、正左衛門は頭に手をやり、はにかむ仕草をした。

「滋養強壮のある大和芋をたくさん食して、これからも、娘の喜代とお励みいただき、よいやや子を産んでくださりませ」

忠介の疲れを、正左衛門は別の要因で取ったようだ。早く孫が欲しいと、暗にせっつく。

「それでです……」

一段高い御座に座る忠介に向けて、正左衛門は一膝《ひとひざ》体を乗り出して言う。

「大和芋の味を引き立たせる醬油が出来上がりました」

「なんと、ずいぶん早かったではないか」

一月《ひとつき》かけてもできるかどうか分からないと言っていた特撰醬油を、忠介が寝込んでいた三日の間で造れたと言う。

「はい、それはもう偶然としか言いようがなく……」

忠介と正左衛門のやり取りを、千九郎は下座に座って聞いている。

「偶然とは……？」

問うたのは、千九郎であった。

「はい。それは、これをお試しいただければ……政吉、ここに出しなさい」

政吉の膝元に、風呂敷の包みが置かれている。包みを開けると、五合の小ぶりな徳利が出てきた。それと、小さな杯ほどの皿が三枚あった。

徳利の、固く閉ざした栓を抜くと『ポン』と、小気味のよい音がした。政吉は小皿を畳に並べ、少量を注いだ。

吉之助の手で、忠介のもとに一皿が運ばれた。

「これを呑み干すのか？」

「全部でなくてけっこうです。一口味わっていただければ……」

「よし、分かった」

忠介の口の中は、先刻呑んだ薬湯の味が残っている。その不快なあと味を消し去るのに、一口の醬油は充分なものとなった。

「旨い！」

忠介の口から、感嘆の言葉が漏れた。

「どれ、拙者らも……」

忠介の声につられ、まずは太田が一口醬油を試した。口をもぐもぐさせて、味を見る。

人生五十年も過ぎれば、舌が味覚をとらえるのも鈍感になっている。太田は無言で皿を田中に渡した。

「いやに辛いでありますな」

皿の醬油を舐めるように口に含んだ田中は、開口一番言った。

「醬油が辛いのはあたりめえじゃねえか。ほかに言うことはねえんかい？」

誰でも言える至極当然な田中の評価を、忠介はたしなめた。

「まあ、多少は本来の醬油とは味が異なっているように思えますが……」

「多少だってかい」

忠介と重鎮たちとのやり取りの間に、千九郎も醬油を味わっていた。

――味はたしかに変わっている。

本来の醬油に、何かを混ぜたような味がする。匂いを嗅ぐと、ツンと鼻腔を刺激する。

「こいつは、大和芋のとろろ汁で試してみねえと、はっきりとは分からねえな」

忠介の一言で、太田が立ち上がった。そして、襖を開けると隣室に控える家臣に声をかけた。

「厨に行って、大至急麦めしと大和芋のとろろ汁を用意させろ」

かしこまりましたという声のあと、慌しく廊下を走る音が聞こえてきた。

「こいつが実際にとろろ汁に合えば、とりあえず一斗樽で四樽ほど江戸にもって行くぜ」

言ったものの、とろろ汁に合う味かどうか判断がつかない。忠介が旨いと感じたのは、口の中にまだ不快な生臭さが残っていたからだ。

「どこかで味わったような感じがしますが、いったい何を……？」

混ぜたのかと、千九郎が政吉に向けて問うた。

「へえ。そいつはとろろ汁にかけて食べていただければ、お分かりになると……」

政吉は、含み笑いを浮かべて答えた。

「早く、できてこねえかな」

忠介の、待ちわびる声音であった。熱にうなされ、三日も何も食していない。それだけに、忠介の腹の中は空っぽであった。

めしを炊いて蒸らすのに、半刻ほどのときを要した。

大和芋御膳が、夕餉の代わりとして御座の間に並べられた。

「おお、できたかできたか……」

歓喜の声をあげながら、忠介は待ってましたとばかりに下座に下りて、並べられた銘々膳の前に座る。大和芋御膳を食すのは、ほかに重鎮二人と千九郎に吉之助であった。

丼に麦めしがよそられ、あたたかい湯気が立っている。忠介はそれを見て、ゴクリと音を立てて生唾を呑み込んだ。

「はっ、早くとろろ芋をぶっかけろ」

口元から涎を垂らさんばかりに、家臣にせっつく。

「今、しばらく……」

「さっさと、しねえかい」

あまりの空腹に、飢えた狼のように忠介の目が血走っている。

このとき千九郎は、忠介の舌はあてにならないと思っていた。腹が減っていては、何を食っても旨いと感じる。それでは判断に誤りが生じると、自分の舌に頼ることにした。

「お待たせをいたしました」

忠介の膳に、とろろ汁のかかった丼めしが置かれた。膳には卵も一つ添えられている。その卵には目もくれず、醬油をとろろ汁の上にぶっかけた。

「さてと、食うか」

言うが早いか忠介は丼の淵に口をあてがい、ズルズルと音を立てて食しはじめた。がっつくその姿は、とても三万石の大名には見えない。

「うめえな。もう、一膳」

あっと言う間に丼一膳を食し終わり、忠介はおかわりを求めた。

「いかがでござりましょう、醬油の味は？」

正左衛門が、忠介の顔をのぞき込むようにして聞いた。

「ああ、うめえよ」

出てきた答えはそれだけであった。

「太田様に、田中様はいかがでございますか？」

「拙者も腹を空かしていたんでな、これほどうまいとろろ芋は食したことがない」

まずは太田の感想であった。

「なんとも醬油の味までは、もう一膳食ってみんとな……」

重鎮二人の舌はどうにもあてにできない。

その間にも千九郎は、一口一口を咀嚼しゆっくりと味わっていた。そして丼一杯を食し終わると、おもむろに正左衛門と政吉のほうに体を向けた。千九郎の眉間に皺ができ、顔がいく分強張《こわば》っている。

口の周りについたあくを、手布で拭き取る間が正左衛門にはもどかしい。

「いかがでしたか？」

審判を仰ぐように、正左衛門が問うた。

「うっほん」と一つ千九郎は咳払いをして、正満屋の二人を焦らす。

千九郎は居住まいを正し、合否を口にしようと身構えた。

「この醤油は……」

腹に力を込めて言う、千九郎の声音に一同の耳が傾いた。忠介も、二膳目の途中で箸を置いて、千九郎の次の言葉を待つ。

三

御座の間が、一瞬の沈黙に包まれた。

「この醤油は……」

千九郎は、場にいる全員の顔を一通り見回す間《ま》を作った。ゴクリと、生唾を呑む音が聞こえてきた。早く答えを聞きたいと、否が応でも体がせり出し緊張が高まる。

「使えます！」

はっきりとした口調で千九郎が言った途端、歓びの声が御座の間に湧き上がった。

「この醤油は、本来のものとは味がずいぶんと異なります。しかし、とろろ汁との相性がピタリと合う。大和芋の風味を引き立たせ、それなのに威張っていない。主役はあんただと、立てているのが憎い。役者でいえば名脇役といったところでしょうか」

喩《たと》えをまじえて、まずは千九郎は感想を言った。

「おれもそう思ったぜ。よくぞたった数日の間で、これほどの味が造り出せたもんだ」

忠介も千九郎の感想に同じた。

「この味でしたら、すぐにでも江戸で売れますでしょう」

絶賛であるにもかかわらず、今度は正左衛門と政吉の表情が重い。

「どうした、親父殿？」

問いが忠介の口から発せられた。

「ええ……」

言いづらそうな表情を浮かべたまま、答が出てこない。

「おそらく、値が張ってくるのではありませんか？」

千九郎が、正左衛門の言いたいことを想像して言った。

「この醬油には、山葵《わさび》の味が混じっています。どのようにして造り上げたのかは製造の秘密でしょうからよいとして、原料が山葵とあればかなり高額なもの。そこを憂えているのでは……」

ございませんかと、千九郎が問う。

「図星であります」

政吉が、はっきりとした口調で答えた。

「これですと、今の醬油の三倍の価格で卸しませんと……」

「そんなのは、気にすることはねえさ」

正左衛門の話を遮ったのは、忠介であった。

「五倍、十倍するんじゃねえかと気をもんだが、三倍ならば仕方ねえところだ」

「三倍ですか……」

忠介と違って、千九郎は気が乗らぬ素振りであった。

「とりあえずの価格でしたらよいのですが、それがずっとつづくとなると……」

庶民が食するものとしては、値が張ってくる。それでなくても、大和芋や鶏卵は高価なものだ。それを極力低い価格に押さえ、供給するところがこの商いの勘どころである。だが、さらに特撰醤油が高価とあっては、値段を上げなくてはならない。しかし、庶民に高嶺の花だと思わせてはいけないのだと、千九郎は説いた。

「山葵は、この近在で採れるものではございませんし……」

伊豆《いず》や信濃《しなの》の産地から買いつけなくてはならないと、政吉が言う。

「でしたら……」

ここで挫《くじ》けないのが、千九郎の骨頂《こっちょう》である。

「作ったらどうです？」

「何をです？」

「山葵をです。ええ、鳥山藩の領内で……」

「そんなに簡単に言いますが、山葵の栽培ってのは清流域でないと。たとえば、渓流に近いとか湧き水が豊富にあるとか……」

千九郎の考えは安易だとの思いを込めて、政吉が言う。

「政吉さんは、山葵に造詣が深そうですね」

「へえ、あたしの生まれは信濃は穂高《ほだか》の麓《ふもと》の安曇野《あずみの》でしたから。そこは山葵の産地でして、奉公に上がる十歳のころまでいました」

山葵棚が遊び場だったと、政吉は懐かしそうな目をして言った。

とろろ汁に、山葵の薬味を添えるとさらに美味になる。既成の醬油に山葵から抽出した液を混ぜれば薬味を添えることはない——と思いついたのがこの醬油であった。

「先だって言ってませんでしたか？　那珂川《なかがわ》の水は質がよいとか……」

その地下水を使って仕込みの塩水を作るのが、正満屋の醬油の自慢であった。

「安曇野は穂高の雪代《ゆきしろ》の水を使うが、ここは……」

と言って、政吉が考える。

「そう、那珂川の湧き水でもって……」

那須連山を源流とする、那珂川の水質が悪いはずがない。千九郎は、そこに目をつけた。

「やってみましょうか？」

体を乗り出したのは、正左衛門であった。

「殿、いかがでしょうか？」

千九郎が、忠介に問うた。

「やってもみやしねえのに、やるなとはおれは言わねえぜ」

「それでしたら、当方で山葵棚を作りますのでお許しを……」

正左衛門が忠介に、許しを請う。

「頼むぜ、親父殿……」

かくして、鳥山藩は『山葵』も特産品に加えることとなった。

山葵棚を作り、育て、収穫までになるにはずいぶんと月日がかかる。それまでは、利が薄くなるもほかの産地の山葵で賄うこととなった。

特撰醤油も決まって、鳥山藩国元での万端は整った。明日は、それらを江戸に運べばよい。


鳥山城内で、醤油の味が決まったと歓喜の声が上がっていたそのころ――。

大和芋の栽培指導者である根葉こと高山の家に、丹古流忍びの申吉が江戸から戻ってきた。

息急《せ》き切っている申吉に、高山はいきなり問う。

「御前はなんと言っておった？」

「はい、その前に一杯水を……」

嗄《か》らした声で、申吉は水を所望した。

「水などどうでもいい。それより、早く語れ」

のどの渇きは我慢しようと、申吉はいく分悲しげな顔をして語りはじめた。

「御前の話をする前に、今しがた鳥山城の様子を見てまいり……カァーッ」

声が喉にへばりつき、長い言葉が語れない。根葉は仕方ないと、湯呑に水を汲んで与えた。

「あー、うまい」

水を一気に飲み干すも、申吉は一息つく暇もなく根葉から問いかけられる。

「どうだった？　家臣たちは慌てふためいておっただろう。きのう見舞いに行ったが、ありゃ駄目だな。とても江戸まで行ける状態ではなかったぞ」

「いや、それがまったくでして。城の外に出てきた家臣たちの話では、どうやら藩主の病は回復したようでして……」

「なんだと？　ずいぶんと早く治ったものだな」

「そんなんで、このたびの策はしくじりました」

仕損じたにしては、申吉の話しぶりに憂いはない。

「江戸に戻るのを阻止しようとの試みを御前に話したところ、逆に叱られました。そんな、ちまちました卑怯な手を使うのではないとの仰せでして。そんなことで失脚させても、こっちにはなんらの得にもならんと申しておりました」

むしろしくじってよかったと、申吉は話を添えた。

「ここはおとなしく、江戸に帰還させましょうぞ」

「分かった。それで……？」

「それと、鳥山藩がおこなう事業の仕組みを御前に語りましたら、たいしたことを思いつくものだと、たいへん感銘を受けておりました。そのとき、あの厳《いか》つい顔にニヤリと含み笑いを浮かべたところが、御前の恐ろしさでして……」

「余計なことはいいから、なんと言っていたかを聞かせてくれるだけでよい」

「御前が申すには、大和芋をどんどん売らせ機をみたところで、ドスンと落とし込めるのが狙いであると。それまでは、見てみぬ振りをするのだと……」

「そっちのほうが、卑怯だと思うがの」

「高山様には、当座は大和芋の師範に徹しろとの命《めい》でございました」

「あい分かった」

「とにかく、大和芋の収穫高を上げさせろと……」

「儲けさせるだけ儲けさせて、あとでみんなまとめていただこうとは、さすが偉いお方が考えることは違うな。となると、まだしばらくは……」

高山には戻れず芋先生のままかと、根葉はふっとため息を吐いた。

「御前が老中になったあかつきには、高山様は……」

　申吉の言葉が途中で止まり、根葉はその次に出る言葉に胸を膨らませた。きっと重要な役職が待っているものと――。

「重要なお役職に、おつきになられるのではございませんか？」

「ございませんかって、御前が言ったのではないのか？」

「はあ、身共《みども》の想像でして……」

　とりあえず職務を全うさせて、御前のめがねに適おうと根葉は思った。

四

　一晩をぐっすりと眠り、忠介の体調はすっかりと回復をみた。

　二台の馬車に、五百袋の大和芋と米と麦十俵ずつ、そして醬油四斗を積んで、夜も明けぬ早朝から江戸への帰還の途についた。

　一台の馬車を、二頭の馬で引かせる。二馬力もあれば、荷台に男が三人乗っても悠々と牽くことができる。

　一方の馬車には、商人に扮した忠介と千九郎、そして吉之助が乗る。もう一方には、農夫の格好をして忠介の警護にあたる家臣三人が乗り込んだ。

二頭の馬の手綱を握るのは、厩《うまや》差配役の足軽家臣たちであった。むろん二人とも侍の格好ではない。

暗いうちに城門が開かれ、二台の馬車が出てくる。

鳥山の領内を出たところで、夜が明ける。忍びの旅にしては、かなり人目につく一行となった。

「馬車に乗って帰れるとは、ずいぶんと楽ちんな旅になるな」

とくに、病み上がりの忠介にとってはありがたい。

「まったくもって……」

言葉を返すものの、千九郎の頭の中は江戸についてからのことで一杯である。

江戸藩邸に着いたらさっそく、涸れ井戸を探さなくてはならない。大和芋を保管させるためのものだ。

――上屋敷か中屋敷にあればよいのだが……。

今まで井戸のことなど考えたこともない千九郎は、そんなところに気を揉んでいる。

――それと、鶏卵だ。

さっそく吉之助を連れ立って、押上村の庄屋である八郎衛門のもとを訪れなくてはならない。

──そして、一番難儀なことはだ……。

大和芋御膳を売る店を作らなくてはならない。これが一番厄介そうな問題である。売りものは整っても、売る場所がなければなんともならない。協力をしてくれる大店があれば悩みも解消するのだが、まだ海のものとも山のものともつかめぬ新事業である。そうそう話に乗ってくるほど人は甘くはない。

──仕方ないか……。

当初のうちは鳥山藩が店を出す、いわゆる直営でやるしかないかと千九郎の考えは至った。

なるべくならば、それはしたくない。余計な経費がかかる上に、新規事業の構想と外れるからだ。

千九郎の考えの中には、丸儲けという思いがある。平たくいえば、金のない奴は、知恵を出せということである。

「何を考えてるのだ、千九郎は……？」

すっかりと夜が明けたところで、忠介から問いがかかった。

「江戸に着いてからのことです。いろいろと、やることがございまして……」

「ああ、忙しくなるなあ。ところで、おれは何をしたらいいのだ？」

「でんと構えていてくださるだけでよろしいのでは。大商人といわれる方の所以《ゆえん》は、いざというときの判断力にあります。商いをしていく上で、右に行けば天国、左に行けば地獄といった状況が必ず出てきます。そんな場合、どっちに行くかを判断するのが、殿のお役目となりまする」

轍《わだち》に馬車の車輪が入り、ゴトゴトと揺れる。そんなことは気にもならずに、忠介と千九郎の話がつづく。

「そうかなあ。みなが一所懸命やってるのに、このおれがのほほんとしてる場合じゃねえだろ」

「のほほんとはしていませんよ。かえって他人目《ひとめ》には、それでよろしいのです。それに、殿は大商人の素質を充分におもちです。これまでも、幾たびの困難を乗り越えてきたではありませんか。ですから、今のままで……」

「ことごとく、しくじっているぞ」

「ですが、決定的な打撃となるには至っておりません。それというのも、殿のご器量がそうさせるのです。いざというときにはご自分が身を呈し、他人《ひと》を動かしているではありませんか。宇都宮藩主の戸田忠温《ただはる》様のことといい……」

「あのときは、ありがたかったなあ」

　昨年、窮地に陥ったとき、隣藩の宇都宮藩主である戸田忠温に助《すけ》られたことを、忠介は思い出した。

「それが、上に立つ人のご器量であると思います。とかく細かなところに口を出したがる主というのは、おおよそ大成はいたしません」

　算盤《そろばん》の数が合うかどうかの勘定をするのが役目であった末端家臣が、どうしてここまでの大言《たいげん》が言えるのか、忠介にとっては不思議なことであった。

　千九郎にしても然り、自分でもどうしてこんな言葉が出てくるのか不思議な思いであった。とくに帝王学を学んだこともないし、文献を繙《ひもと》いたこともない。ただ、忠介の顔を見ているだけで、スラスラと自然に言葉が出てくるのである。

「……そんな男を抜擢したおれが偉いってことか」

　忠介の呟きは、轍の音にかき消され千九郎の耳には届いていない。

　そのあとしばらく、千九郎が思い浮かべた事業の方針が語られる。直営の件《くだり》では、忠介はいく分眉をひそめた。

「一軒店を出すのに、どれほどかかる？」

「しもた屋を買っても、最初は五十両ほど……」

「なんだ、それっぽっちか。だったら、考えることもねえぜ」

どれほどかかるものかと案じた忠介は、額を聞いてほっと安堵の息を吐いた。

「いいえ。お言葉ですが、こんなところに一文も出す気はないのです。この事業は、すべて他人様のお金で賄うことが前提ですから。はい、これから作る山葵棚も資金は誰かに出してもらいます」

「正満屋が出すのではないのか？」

「それですと、山葵は正満屋のものとなってしまいます。藩のものとするには、あくまでも藩が金を出したことにせねばなりません。それも、他人の懐から出されたもので……」

深謀遠慮を語る千九郎に、そら恐ろしさを感じる忠介であった。

「……面白え男だ」

ぶるっと一震えしたのは、武者震いからであった。


半刻で、およそ一里半進む。人が早足で歩く速度である。

前の馬車の荷台に乗っている三人は、進行方向と逆を向いている。見える景色は、後ろから来る馬車に遮られどうにも目障りである。

日光道中に出てからは南下し、昼ごろになって小金井宿《こがねいしゅく》へと着いた。人よりも馬を休ませなくてはならない。ここで四半刻の休みを取った。夕刻に利根川《とねがわ》を渡り、この日のうちに栗橋《くりはし》か、幸手《さって》の宿に着ければあとは安心だ。

ここまでは順調であった。

昼飯を食し、一向は再び動き出す。馬車の順序を入れ替え、景色の見通しがよくなった。清々したと、忠介の機嫌も上々である。

「さっきまでは、馬の鼻面ばっかり見てたからなあ」

遠く、日光男体山《なんたいさん》の雄姿を目にしながら忠介が言った。

二里五町ほどを進み、小山宿《おやましゅく》へと入る手前であった。

「おやっ？」

黙って後方に目を向けていた吉之助が、首を捻《ひね》っている。

「どうかしたのか？」

真ん中に座る忠介が、吉之助の声を拾って問うた。

「遠くに、尾《つ》けてくる男がおりまする」

「なんだと？」

これだけ離れていると、人の姿は豆粒ほどにしか見えない。むろん、顔容姿などが判断できるわけもない。

「どんな、男だ？」

遠目が利くという理由で、忠介の供《とも》となった吉之助である。

「そこまでは……。ですが、小金井宿を出てからずっとこちらと同じ速さで尾けてきているようです」

「となると、かなり足の速い男のようだな」

忠介と吉之助の話が、千九郎の耳に入る。

「どうかなさりましたか？」

「どうも、おれらの後を尾けてくる男がいるみてえだ。あんまり遠くて、おれにはよく見えねえが……」

「相手からすれば、こちらは馬車ですので、よく見えるはずです」

吉之助が、一点を見据えながら言った。

「ちょっと、試してみるか。馬車をいく分早めてみれば分かる」

「左様ですね」

前の馬車に声をかけ、速度をいく分早めた。半刻でおよそ二里進む速さは、歩く足では追いつかない。ゆっくりと、駆けるほどの速さとなろうか。

「どうだ、まだ追ってくるか？」

一里ほど来たところで、忠介が吉之助に問いかけた。

「いえ、姿は消えました。さすがに、追いつけなかったのでありましょう」

吉之助の、安堵した声音であった。

「いや、安心するのはまだ早いぞ。吉之助、この後もずっとうしろから目を逸《そ》らすな。何か変わったことがあったら、すぐに言え」

「かしこまりました」

忠介の指図に、吉之助はしっかりとうなずいて見せた。

五

小山宿から間々田《ままだ》までの、およそ二里を半刻で来た。

お天道様の高さからして、八ツ半あたりとなろうか。

利根川の渡しまで、あと二里半ほどである。一刻もあれば、充分に着けるところまで来ていた。

速度を早めたせいか、馬に疲れが出てきているようだ。

「間々田の宿で、休みを取ろうか」

相手の動きをたしかめるにもちょうどよい。四半刻も休めば追いついて姿を現すはずだと、忠介は踏んだ。

茶屋の前に馬車を停め、葦簾《よしずば》張りの陰で一行は茶を啜る。馬にも藁《わら》の飼《か》い葉《ば》を与えて休ませた。

吉之助は団子を食しながら、外を通る人の姿を見やっている。顔は分からぬものの、着る物の色や格好はなんとなく分かっている。

「鼠《ねずみ》色の着流しを……」

縞の模様か無地かまでは判別できない。しかし、色が分かるとはたいしたものだと、千九郎は吉之助の取《と》り柄《え》を称《たた》えた。

着流しを尻っぱしょりにして、手甲脚絆《てっこうきゃはん》をつけた旅姿で、振り分け荷物までも見えていたと吉之助は言った。道中笠を被っていたのは、忠介と千九郎にも分かる。

だが、思えばごく普通の旅人の姿である。そんな一人旅の男が、茶と団子を口にしている間に店の前を、十人ほど通り過ぎて行った。

「同《おん》じようなのが、ずいぶん通り過ぎて行ったな。あん中にはいなかったかい?」

「いえ、そこまでは……」

分からなかったと、吉之助は残念そうに答えた。

「それでも尾けている者が、いるのはたしかなようです」

千九郎は、吉之助の目を信用した。

「だとすれば、考えられるのは幕府の隠密……」

言って千九郎は、口をへの字に結んだ。

「なんだか、気持ちの悪い野郎だな」

忠介の、憂える気持ちが言葉となって表れる。

「あっちはこっちが気づいたのに、気づいているかな？」

まどろっこしい忠介のもの言いに、千九郎は少し考え、言っている意味を悟った。

「それはなんとも。でしたら、いい考えがあります」

逆に相手を探ろうと、千九郎は案を出した。それを、ほかの家臣たちにも告げる。

「……ということで、よしなに頼みます」

「わかったっぺよ」

下野《しもつけ》の農夫らしく、家臣の一人が方言をまじえて答えた。

間々田宿を出てからというもの、進む速度をゆっくり目に押さえた。

半刻《はんとき》で一里進む速さは、人の歩きとほぼ同じである。この速度で行っても、利根川の渡しで、馬車も乗せられる大型の艀《はしけ》にはぎりぎり間に合うはずだ。日は大きく傾いてきている。古河宿《こがしゆく》に入り、あと半刻もしたら日が沈む暮六ツが迫って来ている。

「どうだ、まだ尾けてきていそうか？」

「いえ。ずっと目を凝らして見ていますが、それらしきものは……」

いないと、忠介の問いに吉之助は答えた。

「ならば急ぐとするか。日暮れも近いぞ」

古河宿を出てから、倍に速度を早め利根川の渡しへと急いだ。およそ一里は、四半刻もあれば着く。

利根川の土手から河原へと下ると、そこは中田宿《なかたしゆく》である。江戸から数えて八番目の宿場は利根川の河川敷《かせんじき》にあった。

小さな旅籠が六軒ほどあったが、そこには目もくれず荷車は渡し場へと向かった。人だけを乗せる川舟が、対岸の栗橋宿に向けて出たばかりであった。馬ごと運べる大型の艀《はしけ》は、まだ手前の川岸に浮かんでいる。

「間に合ったな」

ほっと安堵の息が、忠介の口から漏れた。

「あれに乗ったら、今夜は栗橋の宿だな」

本陣のある幸手まで行くまでに、夜はとっぷりと更けるであろう。夜道は馬の早足も利かない。

渡し場に着くと、艀を漕ぐ船頭がいない。栈橋《さんばし》を支える丸太の柱に、何やら書かれた札がぶら下がっている。

家臣の一人が、それを手にとって読んだ。

「本日の渡しは終了しました、と書かれてありますが……」

「今日中に渡れなかったか……」

忠介は苦渋の顔となった。

利根川さえ渡っておけば、明朝は明け方からでも出立できる。手前だと、艀が動く明六ツまで待たなくてはならない。江戸までの進行を、よほど急がせなくてはならなくなる。

「あすは急ぐ旅となろうが、渡れないものは仕方ないな」

と、あきらめざるをえない。

「なんでえ、きょうはずいぶんと渡しの終いが早えな。栗橋まで帰れねえじゃねえか」

札を読んだ土地の者と思われる男が、悔恨込めて言った。どうやら普段はもう少し遅くまで渡しは動いているようだ。なんの都合か分からぬが、この日に限って早めの舟止めであった。

忠介たち一行は、中田宿にある一軒の旅籠に宿を取った。相部屋の宿でも仕方がない。

立ち木に馬をつなぎ、家臣たち五人でもって交代で夜通し荷車の番をさせることにした。

「手前どもも荷車の番を……」

「千九郎と吉之助はいい。おまえらはこれから忙しくなるからな、今夜はゆっくりと休め」

その夜は疲れもあって、めし屋で夕食を摂ると早めに寝ることにした。

夜は深々と更け、夜四ツになるというころであった。

見張りは一刻ずつ、交代でしようと家臣たちの間で決められ、二人目の番のときであった。

江戸市中ならば、町木戸が閉まる刻限である。そんな夜更けに忠介は叩き起こされた。

「旦那さん起きてください、旦那さん……」

体を揺すられ、忠介は薄目を開けた。行灯《あんどん》のぼんやりとした明かりに照らされて、見る顔は知らぬ顔であった。

「表につないである荷車は、旦那さんたちのものではありませんかい？」

荷車と聞いて、忠介の目がパッチリと開いた。

「荷車がどうかしたと……？」

「一台盗まれてますぜ」

「なんだと！」

忠介の絶叫が、客部屋の中に響き渡った。否が応でも、その声に千九郎と吉之助、そして休みの中にあった家臣たちが目を覚ました。ほかに、三人ほど旅人がいたが関わりがないと、すぐに夜具をかけて寝込んだ。

朧月《おぼろづき》が利根の河原を照らす。

馬が二頭と、荷車が一台なくなっている。残った一台の脇に、見張りであった家臣が横たわっている。こん棒か何かでうしろから叩かれた痕があるが、命には別状なさそうだ。無理やり起こすと「うーん」と一声、呻き声があった。気絶から覚めた家臣が、叩かれた痛みから顔をしかめる。

「どうした？　誰にやられた？」

忠介は抱え起こしながら、矢継ぎ早に問うた。

「殿……申しわけございません」

と言ったまま、再び気を失った。

「誰か、宿に連れていって介抱してやれ」

家臣に向けて言ってから、忠介の顔は報せに来た男のほうに向いた。一緒の宿に泊まる旅人であった。着ているのは、鼠色した唐桟織《とうざんおり》の着流しである。

「今しがた殿と聞こえましたが、もしや鳥山藩のご藩主様……」

「えっ？」

驚いたのは忠介だけでない。脇に立つ千九郎も吉之助も同じであった。

――吉之助が尾けていると言っていたのは、この男か？

「そちらは……？」

誰かと問うも、男からの名乗りはない。

「そんなことよりも、荷車の在り処を知らなくてよろしいので？」

荷車があるところを知っているという。

「もしや……」

疑う気持ちが、男に向いた。

「手前はやっておりません。むしろ、見張っていたのです。どうも、ご家臣が頼りになりそうもないので……」

「なぜに、そんなことを……？」

「実は、根葉先生に頼まれまして……」

「根葉先生から……？」

利根川を渡るまで何があるか分からないから、ついて行けと言われたという。

「盗んでいったのは地元の百姓のようでして、取り返すのは造作ないでしょう。こちらに来てください」

男は利根川の土手を登ると、明かりがぼんやりと灯る一軒の農家を指さした。

「あそこに、荷車はあります。それじゃ、手前はこれで……」

言うが早いか、男はとうとう名を名乗らずに去っていった。

馬と荷車は、農家の納屋《なや》に隠してあった。

食うものに困り果てての、犯行であった。抗《あらが》う力もなく、乳飲み子を抱えた夫婦が土下座をして謝《あやま》る。傍《かたわ》らには、心配そうな顔をして年長でも六歳に満たない子供五人が事情《わけ》も分からず、両親の土間に頭をつける仕草を見やっていた。

子沢山《だくさん》の、貧しい農家であった。みな、痩せ細り骨が皮膚から飛び出ている。

「これを播って、子供たちに食わせてやりな。けして、他人《ひと》にはくれてならねえからな」

忠介は、荷車に積まれた大和芋と米、麦をいくばくか分け与えた。

「これだけあれば、半月は凌げるはずだ」

その間に働き先を見つけろと、夫婦を諭し、忠介たちは馬と荷車を牽いて宿へと戻った。

「あれは、根葉先生の回し者であったか」

根葉のおかげで助かったと、その功績は忠介の頭の中に取り込まれた。

「たしかに……」

同調したものの、芋栽培の学者にしては手回しがよすぎると千九郎は思った。だが、それは言葉には出さず、自分の胸にしまい込んだ。

「見張りが一人では心もとない。今夜はみんなして……」

不眠不休の番となった。

六

盗まれた荷車の在り処を教えたのは、幕府重鎮が放った間者《かんじゃ》の申吉であった。

忠介に荷車の盗難を伝えたあと、申吉は川舟を漕いで栗橋側へと渡っていた。江戸に向かっていることを、むろん忠介たちは知らずに一夜が明けた。

無事に利根川を渡ったときは、明六ツから四半刻ほど経っていた。

栗橋宿から鳥山藩江戸藩邸までは、およそ十三里。武蔵《むさし》の国に入ると、日光道中も人通りが多くなり馬車をそうそう速くは走らせることができない。しかし、人並みの歩みでは休まずに行っても、夜更けの到着となる。

「できれば、明るいうちに着きたいものだな」

「殿だけでも先に、馬でもって行きませんか」

千九郎が進言をする。

「その手があったか」

忠介としては、ただただ心配だったのは明日に迫った月次登城であった。将軍との謁見を、反故《ほご》にしてはならない。

馬を走らせれば、二刻もあれば着く。幸手の宿で馬を調達し、忠介だけ先に江戸に向かうことにした。

「それではお気をつけて。われらは、あとからまいります」

「頼んだぞ」

馬上で千九郎からの言葉を受けて、忠介は一言放つと馬の面《つら》を江戸の方角へと向けた。忠介の、手綱さばきは一流である。ポンと馬の脇腹に一蹴り入れると、パカラパカラと走り出した。

「これならば、昼ごろまでには着いてしまうな」

独《ひと》りごちている間に、早くも粕壁宿《かすかべしゅく》へと着いた。幸手宿から、半刻もかかっていない。江戸までは一刻半かかるとしても、昼八ツまでには藩邸に着く勘定だ。かなりの余裕があった。

となれば、一休みということになる。

粕壁宿に入り、忠介は適当に休める茶屋を探した。馬から降りて、宿場の通りを歩く。日光道中でも、賑わう宿場の一つであった。

忠介は、一つ失念していることがあった。それは自分の身形《みなり》である。どう見ても、商店の主風である。荷物も何ももたぬ商店の主が馬を牽く姿に、端から見ていて違和感があった。それだけに、一際《ひときわ》人目につく。

「おや、あれは……？」

そんな忠介の姿を、葦簾《よしず》の隙間から見やる男があった。

江戸へと向かう申吉が、葦簾張りの茶屋で休みを取っている。

——なぜに、鳥山藩主が独りで？　そうか、明日の登城に間に合わなくなると……。

申吉は、つぶさに得心ができた。

「ここで休むとするか。馬も見張れるし……」

馬の手綱を立ち木につないで、忠介が葦簾張りの中に入ってこようとしている。

面は割れている。

申吉にとって、今は会いたくない相手であった。

昨夜、申吉が忠介を助けたのには理由《わけ》がある。

一つには、鳥山藩をここで潰してはならないからだ。御前と呼ばれる男から、それは言い含められている。

そしてもう一つは、忠介にさらに根葉の覚えをめでたくさせることにあった。鳥山藩に深く入り込ませ、情報を引き出す布石を打ったのである。

ここで顔を合わせては、なぜにこんなところにと訝しがられる。根掘り葉掘り問い質《ただ》されるのも煩《わずら》わしい。そんな思いが、申吉の中に宿った。

しかし、狭い店では逃げ隠れするところもない。申吉は道中笠を目深《まぶか》に被《かぶ》り、顔を隠して緋毛氈《ひもうせん》の敷かれた縁台から立ち上がった。

申吉は、店を出ようとする。忠介は、店に入ろうとする。出入り口で、申吉と忠介がすれ違った。

忠介が、道中笠の中をのぞき込むことはない。ほっと安堵の息を吐いて、申吉は店の外へと出た。

速足で駆け出そうとしたところであった。

「ちょっと待て」

呼び止められた声に、ぎょっとした面持ちで申吉は振り返った。

「勘定を済まさねえで出ていくなんて、ふてえ了見《りようけん》じゃねえかい？」

忠介に気を取られ、食った団子とお茶代を支払うのを申吉は失念をしていた。

間違いならば、謝れば済むことだ。

「すまねえ、うっかりしてまして……」

「うっかりじゃねえだろ」

しかし、主《あるじ》の誤解はすぐには解けない。無銭飲食だと思わせるのに、さらに輪をかけたのは、店を出たと同時に駆け出そうとした素振りを見せたことだ。

「だいいち、逃げようとしてたじゃねえか」

「それは……」

すぐには方便《ほうべん》が思いつかない。越ヶ谷《こしがや》のおっ母さんが危篤《きとく》だと言おうとしたが、申吉はやめた。それにしては、のんびりゆっくりと団子を頬張っていたからだ。

「どうかしましたかい?」

店の主の背中に声をかけたのは、忠介であった。

「この男が、銭を払わないで店を出たもんでね……」

「ただ食いなんて、いけねえな……おや?」

忠介が声をかけるも、申吉の顔は向こうを向く。

「どっかで会ったような……」

うしろ向きでも、忠介に覚えがあった。

「もしや、昨夜《ゆうべ》の……?」

こうとなったら逃げ果せぬと、申吉は開き直ることにした。

「昨夜はどうも……」

顔を向け、頭を下げたのは申吉のほうであった。

「礼を言わなくてはいけないのは、こっちのほうだ。きのうは、本当に助かった」

忠介は、深く頭を下げて礼を言った。

「なあ、主……」

やり取りを見ている店の主に、忠介が話しかけた。

「この人がただ食いというのは、何かの間違いだろう。このおれに免じて許してやってくれねえかな」

しかし、店の主は頑《かたく》なであった。

「とんでもありませんよ、お客さん。こっちは一文、二文の儲けをあてにしている小商いだ。四十文の銭を踏み倒されたとあっちゃ、その損を埋めるのに団子を何本売ればいいと思ってるんで。見れば、商人の旦那と思われるけど、同業だったらそんな道理も分からねえのか？」

「だから、この人は払うと言ってるでは……」

「いや、なりませんね」

店先での言い争いであった。主の大声は道に木霊《こだま》し、何ごとがあったかと、いつしか周りに野次馬の人垣ができていた。

野次馬の中に、忠介の顔を知る者があった。

「もしや、鳥山藩の……」

土地の博労《ばくろう》『豊田組《とよたぐみ》』を仕切る親方が、中に割って入ってきた。忠介の首を振る仕草に、忍び旅と知った親方は言葉を途中で止めた。昨年来より忠介は、馬の縁によって豊田組には世話になっている。親方のほうも、大名の身分をひけらかさない忠介を、ひとかどの人物とみなし好感をもっていた。

「あんまり阿漕《あこぎ》なことはするなよ、親爺……」

ことの事情を知った親方は、店の主のほうを詰《なじ》った。この茶屋は、粕壁を仕切る博徒『古利根一家』の息がかかる店であった。客に難癖をつけ、あわよくば大金を巻き上げるという輩《やから》である。

博労の親方のおかげで、この場は収まりをみせた。しかし、申吉の姿はいつの間にか消えている。

「まあ、急ぐことでもあったのだろう」

それ以上憶測することはない。申吉のことは、忠介の頭の中ではそれだけのものとなった。

その後、何ごともなく忠介は鳥山藩上屋敷へと到着した。そして、忠介に遅れること三刻あまり。荷物と共に千九郎たちが着いたのは、夜も更けた宵五ツ半近くとなっていた。

それより少し前の、暮六ツごろ――。

大名を観察・統制する、幕府の要職である大目付小笠原重利の屋敷に入る一人の男がいた。

庭先で目通りの許しを請う。

「戻ってきたか、申吉。ならば、上がれ」

申吉は、大目付小笠原重利が放った間者《かんじゃ》であった。根葉こと高山も、然《しか》りである。

大目付である小笠原が、なぜに鳥山藩小久保忠介を貶《おとし》めようとするのか。話の元々は、三河以来の徳川家譜代である水野家と小久保家の確執にあった。

「――もともと水野家は、東照大権現様《とうしょうだいごんげん》の母方の血筋。小久保家とは格が違う」

と、時を経た今も根にもつのは、老中水野忠成《ただなり》であった。本家小久保家は小田原藩主、同じく老中の小久保忠真に私根があった。

常日ごろから目の敵《かたき》にする水野に、小笠原は乗った。

水野の一派である小笠原は、次期老中の座を狙っていた。ここで小久保家が失脚をすれば、水野忠成からの推挙がある。

小笠原は、財政の傷んだ分家である鳥山藩小久保家に目をつけ、まずはその失脚を狙っていた。しかし、つまらぬ粗相に言いがかりをつけ、ただ失脚させただけでは面白くない。忠介が企てた商いを成就させ、儲けを出させたところですべてを没収する。それを手土産《てみやげ》にしようとするのが、小笠原重利の肚《はら》であった。

「――鳥山藩小久保忠介にはなんの遺恨もないが、ここは幕府の財政のためにも潰れてもらわなくてはならぬ」

大義名分を掲げるも、肚の内は大目付では満足できぬ小笠原重利の私欲からであった。

極秘裏にことを進めている。

家来であっても話を聞かれてはまずいと、小笠原は申吉を座敷に上げた。

「高山には、伝えたか？」

「はっ。このようなことがございまして……」

申吉は、昨夜の馬車泥棒の話を聞かせた。

「ほう、そんなことがあったのか」

「これで根葉……いや、高山様は鳥山藩にどっぷりと取り入ることができるでございましょう。これからはことあるごとに随時、藩内の様子を報せてくることになりましょう」

「そうか、どんどん儲けさせ、商いをでかくさせるがよい」

小笠原の皺顔に、ほくそ笑む皺がさらに数本刻まれた。

申吉の報告は、そこまでであった。

しくじりを語ったら、どんな折檻《せっかん》が待ちうけているか分からない。蚤と虱をばら撒いたことと、昼間あった粕壁宿での失態を、申吉はひた隠した。

「それと、これからは鳥山領内にいる高山とのつなぎは、飛助《とびすけ》を差し向けることにする。申吉は、鳥山藩江戸藩邸での、商いの動向を怠らずに探れ」

飛助とは、やはり小笠原子飼いの間者の名であった。

「かしこまりました」

遠く下野は鳥山との往復をしなくてよいと、申吉はほっと安堵の息を吐いた。

「ご苦労であった。もう下がってよいぞ」

一礼を残して、申吉はその場を去っていった。

「……あすは月次登城か」

ふふふと笑う小笠原重利の顔面に、さらに皺が数本増えた。

七

千代田城での忠介の待合部屋は、白書院帝鑑《ていかん》の間《ま》である。

小久保家、戸田家、堀田《ほった》家など譜代六十家に与えられた詰所であった。

従四位下侍従の身分である忠介は、正装である狩衣《かりぎぬ》に身を包み、将軍謁見までのときを一人黙して待っていた。

昨年世話になった宇都宮藩の戸田忠温は、国元に戻っていてここにはいない。

目を瞑《つむ》り、黙想をする忠介に声をかけてきた大名があった。

「小久保殿、よろしいかな？」

忠介が薄目を開けると、いかにも長老といった感じの内藤備後守《ないとうびんごのかみ》の顔が目に入ってきた。

「これは、内藤様……」

「お一人で、何を考えておったかな？」

目脂《めやに》のついたような、ねちっこい目を向けている。忠介は不快に思って、顔を逸らした。

「つまらぬことでして……」

余計なお世話だとは言えない。無難な言葉で、忠介は返した。

「左様でござったか。それは邪魔をしてすまなかった」

あまり関わりたくない相手である。元の居場所に戻ろうとする内藤に、忠介はほっと安堵する思いであった。

「おうおう、そうであった……」

二、三歩したところで内藤が振り向くと、再び近づいてきた。

「まだ、何か……？」

ございますかと、忠介は露骨に不快な表情を向けた。

「そんないやな顔をせんでもよろしいではないか。まだ謁見には間がある。ちょっと話があるが、よろしいかな？」

下手《したて》にこられては、いやとは言えない。

「話とは……？」

「ほかでもないのだが……」

と言って、内藤備後守は周りを気にする。その仕草に、忠介は言いようのない不安に駆られた。

内藤の声音がぐっと下がる。

「十日ほど前のことだがの……」

忠介たちが国元に向かって出立したころである。

「それが何か？」

とりあえずは惚《とぼ》けてみせた。しかし、額に滲む汗は止めようがない。

「何かというほどのことではないのだが……」

ここでも、一旦言葉が止まった。なかなか用件を切り出さぬ内藤に、忠介のイライラは募る。

「十日ほど前の早朝、どこかに出かけなかったかな？」

「………」

忠介は黙して、おやと不思議そうな顔をした。

「いやの、上屋敷の門から出るところを見た者がおってな」

周りの気配を気にしながら、あのときは脇門から出たはずだ。誰もいないのを見計らって、旅に立った。尾けられていた様子もない。

忠介は、内藤が何を言いたいのか黙って聞くことにした。あえて困惑した顔を見せ、話を引き出す。

「三人して商人の格好をして、旅に出たようだが……まあ、どこに行ったかなどと訊くのは野暮《やぼ》というもの。それはよいとして、昨夜だが……」

「……昨夜？」

荷馬車を二台運び込んだが、そこまで見ていた者がいたのかと、忠介は震撼する思いとなった。どこで見張られているか分からない。息を殺して隠密が忍び込んでいる様子が頭の中に浮かんでくる。

「鳥山藩では、また何か面白そうなことを企てている様子。何をいたすのか、この内藤にも一つ教えてくれませんかな」

とんでもない。思いついた商いの種をばらす者など誰もいない。

忠介は、首を大きく横に振りながら言う。

「何も企ててなんかおりませんが。あれは押上のお百姓からいただいた米や麦の食料を運んでいたのですよ。当藩の窮状を見かねての差し入れ、まことにありがたいことです」

「ほう、米と麦を運んでいたとですか。夜中にご苦労なことですな。ところで、あの荷の中には大和芋も入っていたのでは……」

ここで忠介は、さらに不思議そうな顔を内藤に向けた。頭陀袋の中に大和芋が入っていることなど、家臣以外で江戸にいる者は誰も知らないはずだ。

——いったい誰が、内藤の耳に入れた？　そして、内藤の狙いはなんだ？

目の前にいる年季のいった大名の皺顔を、まじまじと見ながら忠介は考えた。

「内藤様は、どうしてそれをご存じで……？」

「やはり、大和芋を……。それは、小久保殿の大好物と聞いておりましたのでな、そう思っただけの次第。たわいはないからお気になさらんように……」

そのとき城内の雑用に従事する茶坊主から、謁見の刻限になったとの報せが入った。

「小久保殿……」

内藤の声がさらに小さくなって、忠介の耳元で話しかける。

「まだ、何か……？」

「商いをするなら、しっかりとおやりなされ。この内藤もおよばずながら、あと押しいたしますぞ」

囁くように言って、内藤は立ち上がった。

かたじけないと、返事をしようとしたときにはすでに背を向け歩き出していた。

忠介は立ち上がることもせず、腕を組んで考えに浸った。

——内藤が、どうして商売のことを知っていやがる？

隅《すみ》に置けないとの思いが、内藤に向けてある。

「……それに、あと押しをするだと？」

魂胆を感じた呟きが、忠介の口から漏れた。

——それにしても、出立のときといい、荷車の搬入といい、誰かに見られていたのは間違いない。

複雑な思いが、忠介の脳裏をよぎったところで茶坊主からの声がかかった。

「小久保様……」

ふと忠介が我に返ると、白書院帝鑑の間に大名は誰もいない。

「急ぎませんと……」

茶坊主に促されて、忠介は立ち上がると大広間の謁見の場へと案内をされた。

千代田城から戻った忠介は、すぐさま千九郎を御座の間へと呼んだ。

藩主が座る上段の間から下り、下段でもって千九郎と向かい合う。

「先ほど、城でな……」

さっそく忠介は、内藤備後守とのやり取りを千九郎に語った。

「千九郎は、どう思う？」

問われるも、千九郎からの返事はすぐにない。さかんに、首を捻って考えている。

そして、ようやく口にする。

「考えてみれば、不可解なことでございます」

「考えてみなくても、不可解であろうが」

あたり前の答えに、千九郎らしくないと忠介の顔が渋面《じゅうめん》となった。

「夜も明けきらぬ朝っぱらから、いったい誰が見張っていたというのだ？　おれは、そこが不可解だというのだ。考えなくてもおかしな話であろうよ」

「誰も見張ってなんかおりませんでしたよ。はい、出立のときも昨夜荷車を搬入したときも……」

そのあたりの注意は怠りなかったと、千九郎は自信ありげに言った。

「見張ってなくて、誰が内藤様の耳に入れたのだ？」

「ですから、そこが不可解と言いますので。だいいち、編み笠を目深に被り商人の格好をした三人の内の一人が殿だと、よしんば見張っている者がいたとしても、どうやって気づきます？　それと、昨夜のあの暗い中、上屋敷の外を見張っている馬鹿がどこにおりますか。そんなことをするのは、お姫様をつけ狙う変質者しかおりませんでしょう」

「ここには、姫はいないが」

「喩《たと》えの話です。これは、内藤様が鎌をかけたものと思われます」

「内藤様が、鎌をかけた……」

「はい。ですが、なんの理由かは分かりませんが……」

千九郎が言った不可解の意味を知って、忠介はうなずいてみせた。

「内藤様は、ほかの誰かからもっと詳しい情報を得ているものと……」

「情報とは……？」

「殿の国帰りも、商いのことも……」

「全てを知っているというのか？」

「そう考えるより、仕方ありません。もしかしたら、内藤様自身が間者《かんじゃ》を放って……いや、それはないでしょうな」

「なぜ、そう言える？」

「もしそうだとしたら、出立からずっと門の前を見張っていたなどと、嘘は吐きませんでしょうから。おそらく、登城したとき鎌をかけ、殿の様子がどうだか探ってくれと、誰かに頼まれたかしたのでございましょう」

「だが、およばずながらあと押しをすると言っておったぞ」

「まあ、なんとも本心は分かりませんが、商いの邪魔立てはしないことはたしかなようです。それだけでも、安心といえますが……」

語りの途中で、千九郎の口が止まる。

「どうした？」

「これは、かなり深く当藩と関わっている者……」

話をしていて、千九郎に気づくことがあった。

「間者がいるというのか。千九郎に、心覚えがあるかい？」

「もしや、この男では……」

言って千九郎は一膝進め、忠介の間を狭めた。そして、呟くほどの小声でその名を言った。

「なんだと！」

忠介の驚く声が、御座の間の外にと漏れた。

「殿、何かございましたでしょうか？」

声を聞きつけ、隣の部屋に控えていた小姓が襖を開けて入ってきた。

「なんでもない。いいから、下がっていろ」

小姓は出ていき、襖が閉まった。

「驚いたなあ。根葉とは、考えてもいなかったぜ」

「ですが殿、これはあくまでも手前の推測です。ここは知らぬこととして、あえて相手の術中にはまってみてはいかがでしょう」

「すると千九郎は、このまま商いをするというのだな」

「当然です。根葉先生も、どんどん大和芋造りに協力してくれるでしょうし……」

「そいつは、おかしいではないか。何が目的か知らんが、本来なら邪魔立てをしてくるのがあたり前であろう」

「でしたら、とっくにそうしてます」

蚤や虱を撒かれたことまでは、さすが、千九郎でも気づいていない。

「殿が忍びで国元に戻ったことなど、とっくに幕府のほうでは知っているはずです。ですが、そのことには誰も触れなかったと……」

「ああ、内藤様以外はな。幕閣たちも、みないつもの様子であった」

「その幕閣の中の誰かが、隠密を放ったのでありましょう」

幕閣の誰かと聞いて、忠介には思い当たる節《ふし》があった。

「もしや、あのお方……？」

「ええ、そうかもしれません」

名を口にはしないまでも、千九郎には誰だか想像がついた。

「おそらく、商いをさせて儲けさせるだけ儲けさせ、あとでごそっといただこうとの算段をしているのでしょう」

「ずいぶんと、卑怯極まりないことを考えていやがるな」

「そうと分かれば、面白い。とことん儲けてやりましょぞ」

どんなに派手にやって儲けても、幕府からの咎めは一切ないものと、千九郎は踏んだ。

「相手の狙いが分かれば、これほどやりやすいことはないでしょう」

千九郎が喜ぶも、忠介は浮かない顔をしている。

「しかしなあ……」

「どうなされました？」

「大儲けをしたところで、いつしかガツンと蹴落としに来るのだろう」

「相手の狙いはまさにそこでしょうから、こちらもそれなりの対策を練っておけます。これは、戦《いくさ》と同じでありますな」

「そうか、戦か……面白えじゃねえか。とことん、受けてやるかい」

忠介は捲《ま》くし立てると、腕をめくってみせた。頭に血が昇ったときの、癖である。

「それで、このことは殿と手前の腹の中に収めておきましょう。ご家老様にも留守居役様にも……」

「ああ、誰にも言ってはならねえ。相手の目論見《もくろみ》を知っているのは、おれと千九郎だけのことにしておこうぜ。あとが、やりづらくならあ」

「とりあえず殿は、根葉先生を根っから信用していただければと……」

「あたりめえだ。これからおれは忍んで国元を行ったり来たりするが、根葉のことを重用《ちょうよう》してやるぜ。ところで、千九郎はどうして根葉が怪しいと思った？」

「それはです……」

千九郎の口からその理由《わけ》が明かされる。

「一昨夜の、中田宿での荷車盗難で助《すけ》てくれた男がいましたね。根葉先生から頼まれたとか言って」

「あの男か」

「あれこそまさに相手方の間者。こんなことで鳥山藩を潰すわけにはいかないと、いっとき味方についたのでしょう。根葉先生の名を出したのは、殿にもっと信用をつけさせるための駄目押し。根葉先生の仲間でしたら、あのあと烏山に戻るはず。粕壁の茶屋で、殿と出くわしたときの慌てぶりが目に浮かびます」

無銭飲食をしてまで逃げ出そうとしていた男の顔が、忠介の脳裏に浮かんできた。

「江戸に戻って、あのお方に報告をする道中だったのでしょう」

「おれとは、あんなところで会いたくなかったはずだよなあ」

姿を消した事情が分かり、忠介はここにきて得心できた。

忠介と千九郎の、面をつき合わせてのひそひそ話はもうしばらくつづく。

第四章　これは戦《いくさ》だ

一

翌日から、千九郎は新事業に向けて走り出した。

まずは、大和芋を保管する涸《か》れ井戸を探し出す。案ずることなく、涸れ井戸は鳥山藩下屋敷の中にあった。

このこともあって、新事業の拠点を下屋敷の中に置くことにした。都合よく下屋敷は、吾妻橋《あづまばし》で大川《おおかわ》を渡り四町ほど行った北本所《きたほんじょ》は小梅《こうめ》村近くにあった。業平橋《なりひらばし》を渡った押上村とは近い。

千代田城への登城以外、忠介の体は空いている。

江戸での政《まつりごと》は江戸家老の天野俊之助と江戸留守居役の前田勘太夫に任せ、忠介は下屋敷のほうにつききりとなった。

新規事業にあたっての顔ぶれは、以前にも大和芋の販売で選ばれた閑職十人衆とほかに、少しはましな部署にあった五人が登用された。十人衆の内には千九郎も吉之助も入っている。

事業を開始するにあたり、下屋敷の一間《ひとま》に一同が呼ばれて集まった。忠介の脇に千九郎が座り、向かい合って十四人が座る。

「……千九郎の奴、ずいぶんと偉そうにしているじゃねえか」

十人衆の内でも年長の板野定八が、吉之助の袖を引くと小声で話しかけた。千九郎に対しては腹に、まだ一物《いちもつ》があるようだ。

「板野さん、黙っていてくださいな」

シーと口の前に指を立て、吉之助がたしなめる。そこに、忠介の声がかかった。

「これから鳥山藩が満を持《じ》して執り行う新規事業は、当藩の浮沈を賭けた大勝負だ。ここに集まった者は、その重責を肝に銘じて仕事に励んでくれ。事業の長として、皆野千九郎を据える。年齢、家柄が上の者もおろうがそんな隔たりは一切《いっさい》捨てろ。千九郎の言うことは、全ておれの口から出たものと思え」

忠介は、まずは一本釘を刺した。ははぁーと、全員が畳に拝す。

「面《おも》を上げてください」

口調穏やかに千九郎は言うと、忠介からたしなめが入った。

「もっと、語気を厳しくしてもいいんだぜ。そんじゃねえと、示しがつかねえ」

「かしこまりました。それでは……」

まずは新しく立ち上げた事業の内容を、千九郎はざっと説いた。初めて聞く話に、首が傾ぐ者がほとんどであった。

「詳しくは、それぞれのもち回りを決めたので個々に説くことにする」

言うと千九郎は、懐から折り畳まれた書付けを取り出した。バサッと音を立てて広げると大きな声で読み上げた。

「これから申す者は……」

それは、事業における人員の役割であった。

場がざわめき立つ。

「なんだい、涸れ井戸大和芋係ってのは？」

「分からないな。あとで詳しくあるんじゃないのか」

小声での話が聞こえてくる。

「おれは、鶏の飼育係かい？」

板野が不満そうに、横に座る吉之助に声をかけた。

「鶏卵製造組頭には、大原吉之助を据えることにする」

千九郎の口から一文が読まれた。

「……なんだと？　おれは吉之助の下かい」

呟きが、板野の口から漏れる。それが、吉之助の耳に届いた。

「うるさいぞ、板野」

板野に命じたのは、今までずっと下についていた吉之助であった。

「はっ」

はっきりと立場が変わったことを肌で感じた板野は、吉之助に向けて頭を下げた。

「……ということで、以後この顔ぶれで事業遂行に邁進《まいしん》する。人手《ひとで》が足りなくなったら、随時補充していくことにするので案ずることのないよう、仕事に取りかかってくれ」

売るものがそろい、人員配置も済んで、いよいよ新規事業の幕が開いた。

千九郎は配下に、御意見取次ぎ役であった、俵利二郎《たわらとしじろう》を置いた。

御意見取次ぎ役とは、人が語った話をそのまま他者に伝える役職である。一言一句聞き漏らさず伝えなくてはならない、記憶力がものをいう仕事である。忠介や各組頭に千九郎の伝言を托す、重要な役目であった。けして閑職ではない立場であった者を新たに起用した。

まずは第一号店を作らなくてはならない。これは千九郎の役目である。

異業種の旦那衆を口説くのと、店を開くための準備として、もう一人台所賄方小者であった秋山小次郎《あきやまこじろう》を置いた。素人《しろうと》に、調理のいろはを伝授するためにいなくてはならない。

千九郎は、俵と秋山を引きつれ、まずは浅草材木町《あさくさざいもくちょう》にある材木問屋『大松屋《おおまつや》』の松三衛門《まつざえもん》を訪ねることにした。

大松屋は江戸でも五本の指に入るほどの大店である。そこの主松三衛門とは、懇意の仲であった。ここが乗らなければ、第一号店は直営で出さなくてはならない。できればそれは避けたい。他人の力を頼るところに、この事業の意義があるのだ。

「おうおう、よくいらした。どうぞどうぞ……」

機嫌よく、松三衛門は迎え入れてくれた。

しかし、客間で向かい合うも、なかなか本題に入れない。まだ海のものとも山のものとも分からぬ事業に便乗してくれとは、いざとなったら言えぬものだ。とくにこの場合は第一歩の口開けで多額の資金がかかる。さすがの千九郎も、切り出すのにためらいを見せた。

挨拶のあとの、言葉が出てこない。

「おや、どうしました？　千九郎さんともあろうお方が、もじもじして……」

「はぁー」

それでも千九郎の切り出しはない。これほどためらう千九郎を、松三衛門は見たことがない。言い出しづらいということは、危うさを伴う話であると取れる。むしろ松三衛門は、そこに興味をもった。

「それで、きょうはどんな面白い話をもってきました？」

話のきっかけをつけてやろうと、松三衛門はいく分身を乗り出して訊いた。

もの怖《お》じしていても、話は進まない。松三衛門の一言で、千九郎は目が覚める思いとなった。

「きょうは折り入って……」

千九郎が居住まいを正すと、うしろに控える俵と秋山も座を直した。

一旦言葉が出ると、堰《せき》を切ったように千九郎は語りはじめた。店の形態から運営方針までを、松三衛門に向けて熱弁を説いた。四半刻もかかった話を、松三衛門は黙って聞いていた。

「……ということで、どうか大旦那様にお力添えをいただきたく、うかがった次第です」

千九郎は熱弁を振るい終わると、畳に額をつけて拝した。同伴の俵と秋山もそれに倣《なら》う。三人のそろった月代《さかやき》に、松三衛門も戸惑いをみせた。

「頭を上げてくだされ。お武家様ともあろうお方が、町人に頭を下げるなんぞ……」

「いや、そうではございません。われわれの魂は武士にあらず。すでに商人に徹しております る」

並々ならぬ決意を、松三衛門は千九郎の目に感じていた。しかし、材木屋と食いもの屋ではまったくの職種違いだ。頭の上がった千九郎に、松三衛門が問いかける。

「なぜに材木屋なんぞに、話をもってきなさった？」

返答次第では、おいそれとは首を縦には振れないと、言葉の端に表れている。いくら親しくとも、商いは別である。どんな辛辣《しんらつ》な言葉が出ようが、そこは千九郎はわきまえていた。

かねてより準備していた理由《わけ》を語る。

「異なった商いだからこそ、話をおもちいたしました。もしも素人《しろうと》である手前が材木に関わる話をもち込んだとしても、旦那様は鼻の先でお笑いになることでしょう。しかし、手前らの話は材木とはまったく関わりのない、食いもの屋の話。材木商一筋の旦那様にとって、普段はまったくもって考えたこともありませんよね。でも旦那様には、もっと世の中を広く見ていただきたい。そのためには、これまでの殻《から》から脱却しなければ新しい世界に足を踏み入れることはできません」

次第に千九郎は自分の話に酔いしれていく。だんだんと言っている意味が分からなくなり、松三衛門は千九郎の話を口に出して止めた。

「なんだか、新興宗教の勧誘みたいに聞こえてきましたな。そんな回りくどい言い方をしていないで、はっきり金を出してくれとおっしゃったらいかがです」

「金を出してくれなどと、そんな図々しいことなど言えません。旦那様には、ぜひこの事業の経営にご参加いただきたいと……」

「金を出すだけではないので……？」

「左様です。旦那様のところで、お店を経営していただきたいのです」

「大和芋御膳の店を？」

「そういうことです。店と人を出していただければ、食材は全てこちらから卸し、運

「それは、先ほどの説明の中にありましたな。そうか、そういうことだったのですか……」

と言ったまま、松三衛門は腕を組んで考えはじめた。その顔は、どうやって断ろうかと模索しているようにも見える。しばらく考え、松三衛門は口にする。

「申しわけない。面白い話だと思うが、やはりこの話には乗れませんな。だいいち、それに携《たずさ》わさせる者がうちにはいない。みな材木のことしか知らぬ木偶《でく》の坊《ぼう》で、商いのいろはも分からぬ者ばかりだ。また、そのために新たな奉公人を雇い入れることはできんしな。それとだ、店主を置くにも……」

「分かりました、旦那様。お断りなされたいのは、重々《じゅうじゅう》承知しております」

松三衛門の話をみなまで言わせず、千九郎は口を挟んだ。

話を聞いていて、千九郎は失念していることがあった。松三衛門には、二十歳にもなろうか跡取りの息子一人しかいない。先妻との間にできた子である。

事業展開の項目に次男、三男がいる大店に話をもち込むという一項がある。大松屋は、それにあてはまる店ではなかったのだ。そのことを思い出し、千九郎はすぐさま引くことに決めた。

営のうしろ押し……」

「お忙しいところ、お手間を取らせました。さあ、行こうか……」

千九郎は、うしろにいる俵と秋山に声をかけ、立ち上がろうと腰を浮かせた。

「ちょっと、お待ちを……」

帰ろうとする千九郎に、松三衛門が声をかけた。

「いやに、簡単に引き下がるのですな」

一度断っただけで、あっさりと引き揚げる千九郎に、松三衛門は肩透かしを喰らった思いであった。

「はい。こんな難題をもちかければ、断られるのはあたり前です。こちらは気にしておりませんので、どうぞお気の患《わずら》いなきように願います」

それだけの理由で引き下がられるのは、断るほうとしても気にかかるものだ。

――お気を悪くしたのでは……？

こんなことで縁が薄れるのではと、松三衛門のほうがむしろ気を患う。

常日ごろから松三衛門は、子供はあと二、三人欲しいと口にしている。そこを千九郎は気遣い、あえて引き下がる理由を口に出さずにいたのだ。

互いの気遣いが、互いの気患いとなって、気まずい空気が部屋の中に漂った。

「千九郎さんらしくありませんな、こんなにあっさりと引き揚げるなんて……」

あと味悪くして帰させたくはないと、松三衛門は口にする。

——そうだったか。

引き止める松三衛門の心根を、千九郎は悟った。

「申しわけありません……」

まずは頭を一つ下げて、詫びを言った。

「何を謝られますので？」

「この話は、旦那様にもちかけるものではありませんでした」

そして、一項目を説いた。

「そんな事由《わけ》がございまして、この話はなかったことに……」

「そうでしたか。かえって気を遣わせてしまいましたな」

気まずさが解消され、互いが安堵する。それではこれでと、千九郎が腰を浮かせたところで、隣部屋を仕切る襖が開いた。

二

よろしいでしょうかと言って、部屋に入ってきたのは内儀《ないぎ》のお美津《みつ》であった。

松三衛門とは二十近くも齢《とし》の離れた、二十代も半ばの見目麗《みめうるわ》しい後妻である。千九郎の仲立ちで、お美津を嫁にしてからというもの、一度傾いた大松屋の身代は見事に立ち直りをみせた。千九郎に対して、そんな恩義が松三衛門の中にあった。千九郎がすぐに引き下がろうとしたのは、恩着せがましいことをしたくないとの思いが、気持ちの中にいく分はあったからだ。

「お美津さん、お久しぶりで……」

千九郎の挨拶に、お美津は会釈で答えた。

「ごめんなさい、隣の部屋でお話を聞かせていただきました」

「また、聞き耳を立てっておったのか……」

お美津の無作法に、いつものことだと松三衛門は叱りはしない。なんといっても、若くて気立てがよく、そして美しいと三拍子そろった愛妻のすることである。苦笑いだけが、松三衛門の顔に浮かんだ。

「いかがですか、あなた。千九郎さんのお話に乗ってさし上げたら……」

「おいおい、商いのことに口を挟むのではない」

たしなめる口調に、大店《おおだな》の主の威厳はない。むしろ、お美津にめろめろといった様子である。

「お堅いことを言ってましたらあなた、どんどん老けていってしまいますわよ。このごろお元気がないと思ったら、どうもお仕事のほうにも刺激がなくなったようで。松《まつ》一郎《いちろう》さんが頼もしく育ったせいで、お店での自分の居場所が狭くなったからかしらん」

松一郎というのは、一人息子の名である。お美津とはたいして齢の変わらぬ義倅《せがれ》を『さん』づけで呼んでいた。

「十歳若返させるためにもあなたには、もう一度気力を奮い立たせるものが必要ですわ。そうしないと……」

満足できないとまでは口に出さず、お美津は代わりに体を揺すった。

「ううむ、そうか……」

松三衛門にも、心覚えがあった。二人の間に子供ができないのは、そのせいかとの気にもなる。

「……刺激が必要ってことか」

――そういえば、このごろ道楽である鉢植え盆栽の手入れがよくなったと、客や奉公人からよく言われるな。

自分では気づかぬうちに、盆栽の世話をする手間が増えていたのだろう。囲碁のほうも強くなっている。碁仇《ごがたき》との対局が増えてきているのもたしかだ。道楽のほうにもときが割けるようになっていた。松一郎が幼いころは、そんな楽しみを我慢して仕事一筋に励んだものだ。

そんなところにもってきての、お美津の言葉であった。自分では気づかなかった気力の衰え。

「そこで、どうかしら……」

お美津の声に松三衛門はふと我に返ると、耳を傾けた。

「あなたのお力で、鳥山藩をお救いしてさし上げたら」

「……助けろではなく、お救いしろか」

助けると救うでは、かなり言葉の意味が異なってくる。

夫婦の会話を、千九郎は固唾《かたず》を呑んで聞いている。大松屋松三衛門が乗ってくれるかどうかの瀬戸際であった。

お美津の言葉が、松三衛門の琴線《きんせん》に触れたようだ。しかし、呟くものの、返事を口にしない。一度答を出したら、引っ込みがつかなくなる。そこに、松三衛門のためらいがあった。

「あなた、まだお考えで？」

「気持ちは半分傾いているのだが、踏ん切りがつかん」

「でしたら私も手伝おうかしら、そのお店……」

お美津の口出しには、松三衛門はもちろん千九郎も驚いた。

「なんだと。家のことはいいのか？」

「松一郎さんはもう放っておいても、というよりご存じないので……？」

「何をだ？」

「松一郎さんに、これがいるのを」

と言って、お美津は右手の小指を天に向けて立てた。

「それは知らなかった。どこの娘だ？」

「それはあなたからお訊きになったら。継母《ままはは》が告げ口をしたと思われるのも癪《しゃく》ですから、それとなく訊いてくださいな」

「分かった」

「ここにお嫁さんが来ましたら、家のことを任せようと思ってます。でも、私もまだ若いですから女隠居はいや。そんなんで、千九郎さんがもち込んだお店というのを……」

「わしが店主になるのはおかしいが、お美津がなるというのなら。しかし、世間体《せけんてい》が……」

「世間体がどうしたのです？　妻に食べもの屋の店を出させるのが、恥だとでもいうのですか。あなたらしくもない。ふん、世間体なんてくそ喰らえですわ」

鼻息荒く、お美津は吐き捨てる。

ずいぶんと、亭主に刺激を与える内儀であった。姉の友人だったそんなお美津を、千九郎は頼もしく感じた。

「そこでだ……」

松三衛門の顔が、千九郎に向いた。

「鳥山藩を救うというのは、いささかおこがましいが……」

「いえ、口開けの今この事業にご参加していただくのは、紛《まぎ》れもなく当藩を救ってくれることになるのです」

「あなた、三万石の大名家を救ってさし上げると考えれば、気持ちに張り合いが出るでしょう。私、一所懸命励みますわ」

妻女のうしろ押しに、これ以上拒んでいては男としての名が廃《すた》る。

「千九郎さん……」

顔に、松三衛門の決意が表れていた。

「それで、どれほどの開業資金が必要なので……?」

「一店舗につき、五十両から百両ってところでしょうか」

「五十から百では、ずいぶんと差がありますな」

「はい。それは、店が自前かどうかにかかってきます」

しもた屋を買い取るか、借りるかによっても異なるし、手もち物件ならばその分資金が少なくて済む。

「これをご覧ください」

秋山小次郎が、簡単に書かれた店の見取り図を出した。千九郎が説明をする。

「これは、厨房とを合わせて十坪ほどの店の図です。一例ですが……」

図の五分の一ほどが仕切られ、厨と書かれてある。店のほうには、四角い卓が四基配置され、それぞれに丸が四個ある。樽椅子の配置が描かれたものだ。

「ざっと、こんな店になりますな」

ずいぶんと、簡単な図だと松三衛門は思うも口にはしない。

「店が決まりましたら、あとは、厨房の道具とか卓や樽椅子をそろえるのに金がかかります。なんだかんだで、それだけを出していただければ、あとはこちらで全て開店までのを用意いたしますから、ご安心を……」

千九郎の口調は、すっかりと商人になりきっている。

「まずは、一号店で様子を見ていただき、よければ徐々に店を増やしていくというのではいかがでしょう」

「それで、利益の配分はどうなっているので？」

松三衛門の、当然の問い立てである。

「悪いようには、いたしません」

首を振り、自信ありげに千九郎は説く。

「十六の樽椅子が、一日五回転で九十人の客が来るとします。これは、少ないほうの見積もりです。大和芋御膳、鶏卵つきで一膳を五十文とします。すると、店内食だけで一日の売り上げが四千五百文見込めます。一両が四千文の相場ですから、一両一朱となりますね……」

「今、店内食だけと聞こえたが、ほかに何か……？」

「そこです、この商いの面白みは」

「ほう、どんなところですかな？」

商人の顔となって、松三衛門の体がせり出す。

「この商いの妙味は、もち帰りができることです。何も、店の中だけで食べさせることはありません。お土産《みやげ》として、もって帰させるのです。これで、倍の百八十食を売れば、店内食と合わせてざっと三両一分一朱の売りが見込めます」

口から泡を飛ばし、千九郎が熱っぽく説く。双方、一番肝心な部分である。

「それで、看板の使用料と食材の卸しを三分として、七分が店の取り分となります。となりますと、粗利《あらり》が二両一朱。五十両の元手ででしたら、優に一月《ひとつき》以内で元が取れるという勘定になりますな」

どうだと言わんばかりに、千九郎は言い切った。

そんなにうまくいくかと松三衛門は思うものの、初期投資は多く見積もっても百両である。全部損をしても、千九郎への恩義を考えれば腹は立たないと、松三衛門の肚《はら》は決まった。

かくして、店の一号店は材木商大松屋松三衛門が出店することとなって、それから一月《ひとつき》後にいよいよ開店する運びとなった。

三

全てが整い、いよいよ『とろろごぜん』の船出となる。

『とろろごぜん』は新たに考えた商標である。若い娘の受けを狙い、印象に残るよう書体も個性溢れるものとした。

赤地の暖簾《のれん》に黄文字で染め抜く、目立つものであった。片隅に、大和芋を印象づける図案を配置させる。

「――ああ、あの絵がかわいい」

若い娘が男を連れてやってくる。そんな図を千九郎は頭に描いていた。

大松屋が副業として出した『とろろごぜん』の第一号店は、浅草茶屋《ちゃや》町の浅草寺雷門《かみなりもん》の向かい側であった。

両国広小路、下谷広小路と並ぶ繁華街である浅草広小路沿いに、以前は居酒屋であったしもた屋が一軒あったのを、大松屋松三衛門が五十両で買い取ったのである。

「さてと、いよいよですな……」

客が来すぎててんてこ舞いになるのが、千九郎の気がかりなところであった。

準備は万端整っている。

厨房には秋山小次郎と板前二人が、客の注文を待ちかまえている。板前といっても大和芋を擂《す》り下ろすだけの調理である。それと、麦めしを炊く係である。

「――大和芋を擂り下ろすにはこだわりがあるのだ。擂粉木《すりこぎ》を右に五回廻し左に三回、それを十回繰り返し、最後に半回転すれば一番うまいとろろ汁ができる。それなりに、奥が深いのだ」

ずぶの素人である板前たちを指導するのに、秋山は自分なりに探究を重ねたのであった。

店の中は十五人ほどいて、ごった返している。まだ客はいない。みな店に関わりのある者ばかりであった。その中に、忠介も交じっている。

「いよいよだが、客が来すぎるのが心配だな」

脇にいる千九郎に話しかけた。

「手前もそう思いましたが、もう考えないようにしています」

読売の一隅に掲載して、宣伝もしてある。町のあちこちに貼紙もして、客寄せには怠りがなかった。

開店は正午ちょうどにしてある。昼めしと夜めしの客を狙う。

正午を報せる鐘が鳴り、暖簾を庇《ひさし》にかければ客がどっと押し寄せる。そんな図が、忠介と千九郎の頭の中で描かれていた。

しかし、店の外を見るも、開店を待ちわびる客は一人もいない。

「おかしいな……」

「そのうち集まってくるだろう。まだ、開店までには間がある」

楽観していたのは、忠介と千九郎である。

「本当に客が来るかな？」

「さあ、どうかしら……」

一方、松三衛門とお美津の間では不安を抱いた会話がなされていた。

やがて、浅草寺の鐘が、ときを告げるための捨て鐘を早打ちで三度鳴らした。本撞《ほんづ》きの一打をもって、暖簾をかける算段であった。

「おう、本撞きが鳴った。お美津、暖簾をかけなさい」

記念すべき最初に暖簾をかけるのは、お美津の役目であった。

どっと客が流れ込んでくると予想していた千九郎は、戸口の遣戸を開けても一人も入ってこない様子に首を傾げた。

厨房では客の回転に間に合わせようと、すでに五十人分の大和芋を擂り下ろして待っている。擂った大和芋は、すぐに鮮度が落ちてくる。味へのこだわりを追求したら、擂り下ろしをすぐに食べさせなくてはならない。

正午を報せる鐘が鳴り終わり、しばらくしても客の入りは一人もなかった。

「ぜんぜん、客が入ってこねえな」

焦りが忠介の顔を曇らす。こんなはずではないと、千九郎も口をへの字に結び渋面となった。

「そろそろ大和芋の鮮度が……」

落ちてくると、秋山小次郎が厨房から出てきて千九郎に声をかけたところであった。

「いらっしゃーい」

店内に、お美津の明るい声が鳴り響いた。

戸口に、十八ほどの娘が三人して入ってくるのが見えた。

「さあさ、こっちのお席にどうぞ……」

新たに雇った女中の案内で、娘三人が、四人掛けの席につく。

「とろろごぜんでよろしいでしょうか？」

よろしいでしょうかと言っても、品書きにはそれ一品しかない。鶏卵をつけるかどうかの選択だけである。

「はい……」

十五人の視線を娘たちは感じ、うな垂れる様子で返事をした。

「お卵はおつけしますか？　鶏の卵はお肌がきれいになりますし……」

「はい……」

卵をつけなければ馬鹿だというような強引な押しに、娘たちは否応《いやおう》なくうなずいた。娘たちの注文が、厨房に流される。間髪《かんはつ》おかずに、三人前のとろろごぜんが出てきた。その早さに、娘たちは目を丸くする。

ツルツルととろろごぜんを食す娘たちに、十五人の目がずっと注視されている。やがて食べ終わり、勘定の段となった。

「卵つきで、お一人様五十文となります」

五十文といえば、夜鳴き蕎麦なら三杯食せる値である。

「ちょっと、高いわねえ……」

「でも、おいしかったわよ。お醤油もとろろに合っているし、贅沢な感じでいいんじゃない」

「これだけのもの、五十文で食べられるとはありがたいわ」

娘三人の評判は悪くはなかった。振袖を着た格好からして、いいところのお嬢さんらしい。それぞれの言い分があろうが、千九郎はそれを耳にしていく分ほっとした思いであった。

これならいけると思ったものの、娘三人以降客が途絶えた。擂り下ろした大和芋は売りものにはならないと、みなの昼食《ちゆうじき》となって腹に入れられた。売り上げにはならず、無駄となって歩留まりが極端に悪くなった。

『とろごぜん』開店の様子を、遠くよりうかがっている男がいた。

「……いよいよだな」

お美津が庇に暖簾を下げたところで、男が独《ひと》りごちた。

浅草広小路は、昼になってさらに賑わいを見せてきている。通りの中でも、雷門の向かいは食いもの屋を商う上で一等地である。

「……それにしても、客がほとんどないな」

一刻ほど店の様子を見ているが、口開けの客で娘三人が入ってからというもの都合十人はいない。

男は一言呟くと、その場を立ち去っていった。

その足は、神田橋御門近くにある大目付小笠原重利の屋敷へと向かった。

「いかがであった?」

男とは、小笠原の間者である申吉であった。小笠原の、さっそくの問いに申吉は小さく首を振った。

「それが、まったくといっていいほど客の入りが悪く……」

一刻あまり、見てきた状況を語った。

「たった十人ほどだと？　そいつはまずいな。すぐに、潰れちまうぞ」

小笠原の、困惑した顔が申吉に向いた。

「いかがいたしましょうか、御前……？」

「とにかく、客を増やさんと……そうだ、よい考えがある」

「何かよいお考えが……？」

小笠原の閃きに、申吉が問いかける。

「ちょっと、耳を貸せ」

近づかせた申吉の耳に、小笠原が小声で知恵を授けた。

「かしこまりました」

一言残すと、申吉は素早くその場から去っていった。

「せっかくの金づる、今潰すわけにはいかん」

小笠原の口から、ふと漏れる独り言であった。国もちの大名になるために、小笠原にとってもここは正念場である。

日が西に大きく傾き、暮六ツ《くれ》も近い。

この商いは駄目かと、早くもあきらめの空気が店内に漂ったところであった。『とろろごぜん』の店内にいるのは、奉公人を除いて忠介と千九郎、そしてお美津であった。三人が隅の一卓に座り、頭を悩めている。

「まさか、こんなに客が来ないとは思わなかったな」

「まだ、初日ですから……」

忠介の愚痴に、千九郎が答える。

「うちの旦那様は、もう少し値段を安くしたらどうだと言っておりますが……」

そこへ、お美津が口を挟んだ。

「いや、値段はこれでいきます。むしろ、安いくらいですからね」

千九郎が、それはできないと首を振る。

「こっちは安いと思っても、町人のほうからすれば昼めしに五十文は、ちょっとばかりきついかもしれねえな」

忠介の意見も、客が来ないのは値ごろに原因があるとの考えであった。三人が、堂々巡りの意見を言い交わす。

「まだはじまったばかり。しばらく様子を見ておりましょう」

たった一日で、じたばたしても仕方ないと千九郎の案に二人は同意する。

そんな日が、開店から三日もつづいてこれはどうにかしなくてはいけないと、千九郎は新たな策を考えようと思案に暮れた。そして、何も良案が浮かぶことなく、四日目を迎えた。

いつもの通り、開店は正午である。

異変を感じたのは、その四半刻ほど前のことであった。

厨房での仕込みといえば、米七分麦三分の麦めしを炊いて大和芋の泥を洗うくらいなものである。客が来たら人数分の大和芋を擂って、丼にめしをよそるだけだ。

秋山と板前二人は仕込が済むと、欠伸《あくび》を堪《こら》えて店の開店を待っている。

「秋山さん、きょうもお客さんが来ませんかねえ」

とろろごぜんと襟に染められた、洒落《しゃれ》た作務衣《さむえ》を着た板前の一人が退屈しのぎに秋山に訊いた。

「そんなこと、おれに訊いたって分かるわけねえじゃねえか。外に出て道行く人に訊いて来い」

不機嫌きわまりない秋山の口調であった。相当に、イライラが募っている。

すいませんと、板前が謝ったところであった。

「あんたら何してんの？　どんどん大和芋を擂《す》らなきゃ駄目じゃない。それと、ごはんのほうも炊いて……」

興奮気味に厨房に入ってきたのは、お美津であった。

「女将《おかみ》さん、何があって……？」

「何があったじゃないですよ、秋山さま……外をご覧になってきたら」

厨房から飛び出すようにして、秋山は店の遣戸を開けた。板前二人もうしろについた。

するると、若い娘を先頭に三十人ほどの行列ができているではないか。年寄りもいれば子供もいる。職人風もいれば、刀を帯びた侍も交じる。

秋山たち三人は、すぐさま厨房に戻ると大和芋を擂りはじめた。

やがて正午を報せる鐘が鳴ると同時に、暖簾をかける。客がどっと中に押し寄せてくるも、席の数は決まっている。

「はい、ここからのお方はちょっとお待ちください」

殿様などと気取ってはいられない。忠介はと千九郎は、入場制限の係に回った。一人が帰ると、一人を入れる。

「お急ぎの方は、おもち帰りでどうぞ」

お美津が店食いともち帰りに客をより分ける。行列はさらに伸びている。とうとう大和芋の擂り手が間に合わず、ど素人である大松屋の木遣《きや》り職人の手を借りることになった。擂粉木《すりこぎ》を右に五回廻し左に三回、それを十回繰り返す手順は、三回もやれば誰でも覚えられる。

四

『とろろごぜん』に並ぶ行列を、遠目で見ている者があった。

「……これでよし」

呟いたのは、大目付小笠原配下の申吉であった。

この日申吉は、とろろごぜん開店の半刻ほど前から浅草広小路の路上で、道行く人に声をかけていた。

「――あの店でめしを食ったら、先着二十人は無料《ただ》だってことだぜ」

とろろごぜんの店先を指で差しながら、出鱈目《でたらめ》を吹聴する。三十人ほどに声をかけると、そのうち人が並びはじめた。

「……間に合ったか」

二十人目に並んだ男が、ほっと安堵の息を吐いた。あとから並んだ者たちは、行列につられた客たちであった。

大和芋御膳を食し終えた先着二十人の客と、お美津が揉《も》めている。

「見知らぬ男から先着二十人が無料だって声をかけられ、だからおれは並んだんだぜ」

職人一人の言い分が代弁するように、ほかの十九人の客たちも同じ言い分だった。ここで逆らっても仕方ない。お美津は、二十人の言い分を承諾することにした。

「ありがとうよ、うまかったぜ。今度は銭を払って、また来らあ」

異口同音《いくどうおん》で、無料の二十人は世辞《せじ》を言って帰っていった。

お美津の口からそのことが、忠介と千九郎に伝えられる。

「いったい誰が、そんな吹聴《ふいちょう》をしたんでしょうね？」

「さあな……」

忠介は知らないという。後に松三衛門に訊くも、首を横に振った。結局、それは誰かということは、身内の者からは出ずじまいであった。

「それにしたって、いいじゃねえか。たった二十人にただで食わしてやったおかげで、大盛況になったんだ。端《はな》からそうしてやりゃよかったな」

その日の客は、百人をいく分か越えたあたりであった。

翌日もその翌日も、同じほどの客入りとなる。

「――こんなうまいもんが、こんなに安くおれたちの口に入るんだぜ」

高値の華であった大和芋が、町民たちの口に入る。それが評判となって『とろろごぜん』一号店は、開店十日目にして軌道に乗ったのである。

「それにしても、あの日吹聴して客を集めてくれたのはいったい誰なんだろうな？　まったく恩人だぜ、その人は……」

つくづくとした口調で、忠介は言う。それが、敵対する大目付である小笠原の差し金などとは、このときの忠介は想像だにするものではなかった。

一号店が浅草に開店してから、早くも三月《みつき》が経った。

大松屋松三衛門が出資する店は五店舗に増え、お美津がその切り盛りをしている。そのほかにも『とろろごぜん』の出店に乗り出す大店が三軒ほどあり、店は十店ほどに増えていた。もっと増やしたかったが、大和芋の供給が間に合わず仕方なく秋の収穫を待つこととなった。

その間、押上村の庄屋八郎衛門と話をつけ、鶏卵の仕入れも順調であった。それは、吉之助のほうが手配をした。

養鶏場も押上村に建て、板野定八をそこの長に据えると、けっこうそれなりに張り切っている。

つっかえたのは当初の三日ばかりで、あとは順調な滑り出しといえた。

『とろごぜん』の繁盛を、喜んでいる者がほかにもいた。

「そうか、ずいぶんと繁盛をしているか」

申吉の報告を逐次聞いていた、小笠原重利であった。

「しかし、十店で出店が止まったのは何ゆえだ？」

「はっ、秋の収穫を待たなくては、大和芋が間に合わないそうでして……」

「なんだ、だらしがないな」

「昨年の余りもので店を出しましたので、仕方ございません。大和芋の数に限りがあったと、根葉……いや、高山様から聞いております」

「それで、鳥山藩の儲けはどれほどと見込んでおる？」

「まだ、十店ほどですからなんだかんだ差し引いても、三百両ほどの見入りかと……」

「なんだ、それっぽっちか。一万両にはほど遠いな」

はぁーと、小笠原の口から大きなため息が漏れた。小笠原の計略は、一万両の利があってからそれをまとめて没収しようというのが目論見《もくろみ》であった。

「御前。お言葉を返すようですが、たった四月で三百両もの利を上げたのですぞ。それも、大和芋の数に遠慮しいしい。たいしたものだと、自分は思いますが。それに、秋からは本格的に大和芋の収穫がはじまります」

「高山からは、大和芋の育ちは順調で、ものすごい収穫高になるそうだ」

「その大和芋が出回るようになりましたら、出店のほうも順調となり青天井で売り上げは伸びていきますぞ。材木問屋の大松屋などは、十店を直営にしたいといってるくらいですから。あっという間に、百店は越しますでしょう」

「百店を越したらどのくらいになる？」

「どのくらいと申しますと？」

「ほれ、その……鳥山藩の何だ」

欲深があまりにも露骨過ぎると、小笠原は口を濁す。

「一店の、出店契約料が五十両ですから、それだけで五千両。それに、看板使用料が売り上げの三割と聞きますから、それだけでもざっと一日百両は下らないと思います」

「そんなになるのか！」

小笠原の顔から皺が消え、驚く表情となった。口からは、涎《よだれ》が一筋滴《したた》り落ちている。

「まあ、食材の生産にも資金がかかりますから、粗利《あらり》はその半分と考えていただければよろしいかと……」

「それにしても、鳥山藩はすごいことを考えよったな」

「他人の褌《ふんどし》で相撲を取るような商売ですから、元手もさほどいらずにできたのでしょう。このままでいきますと、あっという間に御前が目論見とする一万両に……」

「目論見と申すな。まるで、わしが悪いことでもしているようではないか」

「そうでは、ございませんので？」

「今のところは、鳥山藩の役に立っておるわ」

一万両を越えたら根こそぎ乗っ取ってやろうとの思いが、その一言に込められている。

「……それを手土産に、水野様のご推挙が」

老中水野忠成への根回しもできている。

官位も上がり、大名になる日も近い。うまくすれば、一挙に老中ということもありうる。そんな夢心地の小笠原重利であった。

夏場の間も忠介と千九郎は、江戸と下野烏山を頻繁に行ったり来たりしていた。

大和芋や米の出来高を見て、今後の運営を計るためであった。正満屋の手で開墾された山葵棚《わさびだな》も順調に根を伸ばしている。

「これですと、今後の計算が成り立ちますな」

暑い日射しの中で作物の育ち方を見て、千九郎が忠介に向けて言った言葉である。

「ただし、野分《のわき》が来なければな……」

気がかりなのは、それだけであった。

「まったくです」

忠介同様、千九郎もそれは心配をしている。

「それでな、千九郎……」

「はい」

「このたびの事業で儲けた金は、すべて鬼怒川の土手の修復に費やそうと思っている。これだけの作物があれば、家臣や領民は腹を空かせずに済むしな」

「それはよいお考えで……」

同調するも、千九郎の顔色は冴えない。

「どうかしたか？」

「借金が……」

昨年の藩邸札事業の失敗で、巨額の借財を背負ってしまった。その返却も考えなくてはならないと、千九郎は憂いた。

「借金を返す前に、生きてるってことが先だろう。死んじまったら、何も返せねえんだぜ。鬼怒川は、おれたちを殺そうとしている。そいつと戦うのが先決ってものだ。この戦《いくさ》に勝ったら、いくらだって返してやるぜ」

忠介の大将としての心意気に、千九郎は頭が下がる思いであった。

「よくぞ言っていただけましたが、それとです……」

千九郎には、もう一つ気がかりなことがあった。

「相手は、いつ仕掛けてくのか分かりません」

名を言わずとも、忠介には千九郎の考えていることが分かった。

「ああ、ある程度儲けが出たときが、潰しにかかってくるときだろう。それについちゃ、おれに考えがあるぜ。千九郎は、商いのことだけを考えていてくれ」

忠介が、開墾された領地を見やりながら言った。その表情に、絶対に手放すものかという心根がこもっている。

相手は幕府の大物である。旗本とはいえ大名を潰すも生かすも、その者の胸先三寸にかかっている。それとの戦いに忠介は挑もうとしているのだ。

「分かりました」

千九郎がそれ以上口を出すことではないと、忠介に向けて小さく頭を下げた。

五

城下は活気で満ち溢れていた。

商店はやる気を取り戻し、市も活発化してきている。それというのも、農業に携わる人々が銭を出して、ものを買うようになってきたからだ。

生産に応じて、労賃が支払われるようになった。

鶏卵が江戸から運び込まれ、山葵の生産が成功し藩の名産になりつつある。

秋には久々の祭りを楽しもうと、有志がその準備に大わらわであった。

町には呉服屋、古着屋の軒数も増えている。一人でも多く客を取り込もうと、しのぎを削っているようだ。農民も、仕事を終えると野良着からこざっぱりとした格好で、町に繰り出し余暇を楽しむ。今までになかった光景であった。

居酒屋、茶屋の類《たぐい》も繁盛を見せている。以前忠介たちが立ち寄った居酒屋などは、娘も元気を取り戻し、品書きの数も増えた。

忠介が蚤《のみ》と虱《しらみ》に食われた木賃宿の蒲団は、すべて新しいものに替えられている。

那珂川は鮎《あゆ》の獲れる川で有名である。夏場はそれを目当ての遊び客が、近在からも遠在からも訪れて銭を落としていった。

「千九郎のやり方に、間違いはなかったなあ」

人通りの多くなった町の光景を目にして、忠介がつくづくとした口調で言った。

「これも、殿の才覚というもの……」

「世辞はいいぜ、千九郎。これから、根葉のところに行くけど、一緒に行くか？」

敵とみなしているので、敬称はつけない。

「もちろんで、ございます」

「なんだか、あの男が隠密だとはどうしても思えねえようになってきたな」

「たしかに、大和芋の栽培には目を瞠《みは》るものがあります。あの人のおかげで、昨年の十倍以上は収穫がありそうですから」

とろろごぜんの店が、二百店になっても充分に余る作高である。

「一年で、二万両の売りも夢ではねえな」

「そうなると、鬼怒川の土手は頑丈となり、借金も返せますね」

「お釣りがくるぜ。だがそんときだな、相手が仕掛けてくるのは……」

大名を廃絶させるのにどんな仕掛けで来るのか、憂いが忠介の心の中でぶり返す。

「もしかしたら、あの日店に行列を作らせたのは、その手の者の仕業《しわざ》だったのかも……」

「考えられるな。とにかく『とろろごぜん』をとことん繁盛させ、ごっそりといただく気だ。まことありがたいというか、なんというか……」

複雑な思いの忠介と千九郎であった。

「さあ、根葉のところにそれとなく探りに行こうぜ」

いよいよ戦いのはじまりだと、忠介と千九郎が、根葉のもとへと向かって動き出す。

その根葉は自分の家で、小笠原から放たれた飛助という間者《かんじゃ》の報告を受けていた。

「小久保忠介と千九郎が、また国元に戻っております」

「春からこれで三度目だな、鳥山に忍びで戻ってきたのは。今回は、何が目的なんだ？」

「おそらく大和芋の育ちを見にきたのでございましょう。それと、出荷どきを高山様のところに……」

「おい、ここでは本名を口から出すのではない」

誰が聞いているか分からないと、飛助に釘を刺した。

「申しわけございません。根葉先生のところに、聞きに来るかもしれません」

「御前からも、早く出荷しろとせっつかれている。あと半月もしたら、先植えの大和芋が収穫できるだろう。まずは、千袋ってところだな」

「そんなにですか？」

「いや、たったと言ってもらいたいな。今期の収穫高は、土嚢《どのう》の頭陀袋《ずだぶくろ》にして二万袋は固いだろうから。入れる袋のほうが間に合わんよ」

「それにしても、鳥山藩は目敏《めざと》い商売に目をつけましたな」

「これも、千九郎って奴の知恵と、藩主忠介の力によるものだ」

「となりますと、それを根こそぎ奪う御前は輪をかけて……」

「おい、黙れ。誰か、来たようだぞ」

表から「ごめんくだされ」という声が聞こえてくる。

「はい、どなたですかな？」

隠密の陰を隠して、根葉は学者の様相となった。

建てつけの悪い遣戸は直っている。

「これはこれは……ご藩主様でしたか」

「お客かな？」

土間から奥の部屋に目を向けて、忠介が訊いた。

「ええ。里芋《さといも》の栽培で訊きたいといって……」

「それじゃ根葉先生、これで……」

奥から出てきたのは、百姓の姿をした男であった。忠介の、見たことのない顔である。

「里芋は、肥料が大事だからな……」

「へえ……」

忠介と千九郎の前を、腰をかがめて飛助は通り過ぎていった。出ていくうしろ姿を千九郎は目で追った。

「お邪魔してもよろしいですかな？」

「むろんですとも。さあ、どうぞどうぞ……」

と言って根葉は、奥の部屋へと二人を案内する。

「今しがたの人は……？」

「滝田《たきた》村のお百姓さんで、里芋を作りたいと言いますもので……」

伝授していたと、根葉は言った。

「そうでしたか。里芋も、よろしいですな」

滝田村の百姓の顔なら、忠介はたいていは知っている。根葉の話には偽りがあると、
忠介は即座《すぐ》に感じ取った。しかし、そんな思いはおくびにも出さない。

「ところで今しがた畑を見てきましたが、この秋は相当大和芋が収穫できそうです
な」

「米でいえば、豊年満作といったところで……」

「それで、初出荷はいつごろに……？」

千九郎の問いであった。

「あと半月ほどで、千袋は出せると思われます。それと、おっつけ一月後にはさらに
五千袋……」

「ほう、そんなにも……」

大きくうなずき、忠介は満足げな顔を向けた。

「一気に五十店までは増やせますね」

「すでに乗ってくれる大店は決まっている。千九郎、さっそく江戸に戻って契約を結

ぶぞ」

「かしこまりました」

「これで、契約料だけでさらに二千五百両は見込まれる」

二千五百両と聞いて、根葉の体がピクリと動いたのを千九郎は見逃さなかった。

「これも根葉先生のおかげぞ」

忠介が根葉に向けて大きく頭を下げた。

「それで、霜月《しもつき》までにはあと一万袋の出荷を予定しています」

「なんと、一万袋とか……」

一万袋もあれば、百五十店への供給ができる。

「契約料だけで、一万両になるな千九郎」

一万両と聞いて、根葉の体は小刻みに震えるようになった。

「はい。それと、毎日少なくも二百両が、売り上げの分け前として入ることになります」

「……年内に、二万両近くが入ってくるか」

根葉の耳に届くように、忠介が呟く。根葉は、二人の話を黙って聞いているように見えるが、額からは脂汗《あぶらあせ》が垂れているようにも見えた。行灯《あんどん》の明かりが、額《ひたい》を光らせている。

「あっ、そうだ」

忠介は懐《ふところ》に手を入れると、紫の袱紗《ふくさ》に包まれたものを取り出した。

「これを渡さなくては、いけなかった。どうぞ、受け取ってくだされ」

膝元に差し出された袱紗の包みを、根葉は開いて見せた。中に百両の小判が入っている。

「当座の礼だ。もっと差し上げたいが、借金返済だの土手の修復などに金がかかるでな。それと、家臣領民にも分け与えてやらねばならん」

「分かっております。これだけいただければ、充分でございます。今後も、鳥山藩の力になれるよう、精進《しょうじん》いたします」

根葉の頭が下がり、袱紗の包みは根葉の懐にしまわれた。

「こちらこそ、末永くお願いしたいですぞ」

「かしこまりました」

と、さらに根葉の頭は深く下がった。

根葉の虚言と様子からして、隠密であるとの裏づけが取れた。

「あとは、どのように相対するかだ」

根葉の家から出ると、忠介はさっそく千九郎に言った。

「もしかしたら、先ほどの男が戻るやもしれません。どこかもの陰に隠れて……」

相手が来るのを待とうと、千九郎は提言した。

「ちょっと待て、そいつはまずいぞ。向こうもおれたちをどこかで見てるだろう。ここでおかしな素振りはできん。相手の目論見が分かっただけでも、ここは充分だ。それよりも、早く江戸に戻ろうぜ」

大和芋の出荷が半月後に迫っている。千九郎は江戸に戻ると、店を増やす仕事が待っている。

「かしこまりました。それで、このまま江戸に……？」

「いや、一度城に戻ってからだ。ご家老たちに、今後のことを告げんといかんからな」

二人は城へと足を向けて、歩き出した。

忠介の勘は正しかった。やはり、その姿をもの陰から見ていた者がいる。

「一万両二万両を稼ぐなんて、容易《たやす》いものだな千九郎……」

「ちょっと頭を捻れば、こんなものでございます」

「ずいぶんと、鼻息が荒いじゃねえか」

「たいしたことは、ございません」

二人の笑い声が、あたりに轟《とどろ》く。

そんな忠介と千九郎の話し声が、もの陰に潜んでいた飛助の耳にまで届いた。

「……一、二万両を稼ぐとかなんとか、でかいことを言ってたな」

飛助は、再び根葉のところを訪れると、聞いたなりのことを告げた。

「ああ、年内には鳥山藩小久保家は取り潰しに遭い、稼いだ儲けは御前の懐へと入るって寸法だ。飛助、今から書状を書くから、それをもってすぐさま江戸に飛んでくれ」

「かしこまりました」

芋栽培の才能はあるが、文を書くのは苦手なようである。根葉は文案を考えながら、四半刻ほどをかけてようやく書状を書き上げた。

六

飛助が、江戸に向けて出立する少し前――。

すでに忠介と千九郎の足も、江戸へと向いていた。

二人は急ぎ足であるも、忍《しのび》である飛助のほうが身軽で足は速い。

「……おや、あれは？」

城下を出てからすぐに、飛助は二人に追いつくこととなった。

「……江戸に戻るのだな」

旅の格好をして前を歩く忠介と千九郎のうしろ姿に、飛助は抜こうかどうか、ためらいがあった。だが、そのためらいはすぐに飛助の脳裏から消え去る。

――面を見せなければ、どうってこともないか。

二人の脇を、黙って追い抜いていく。

「おや……？」

追い抜いた飛助のうしろ姿をみて、千九郎は小さく首を傾げた。

「どうした、千九郎？」

前を見つめる千九郎に、忠介は訝しそうに訊いた。

「あの男、たしか根葉のところにいた……」

千九郎は、飛助のうしろ姿を覚えていた。

「速足で追い抜いていった、あの男か？」

忠介には分からなかったようだ。改めて、先を行くその姿を目で追った。すると、二十間先あたりでちらりと振り向く飛助と、前を凝視する忠介の、目と目がかち合った。

「……おっといけねえ、振り向くのではなかった」

慌てた飛助は、さらに足を早め駆け去っていった。

「見ろ、あの慌てぶり。自分が何者かを明かしているようだな」

「左様で……。江戸に着いたらそのまま大目付のところに駆け込むのでしょう」

「どんな話がもたらされるのか、おおよそは分かっている」

術中に嵌《は》まったような振りをして、相手の出方を見る。いよいよ戦《いくさ》の段階に入ったと、忠介は肚《はら》を据える思いとなった。

根葉からの書状を読んだ小笠原は、さっそく老中水野忠成の屋敷を訪れた。

「水野様、着々とそのときが迫ってきておりまする」

「そうか……」

太った体を脇息《きょうそく》に預け、老中水野が薄ら笑いを浮かべた。

「今度こそ、小久保の息の根を止めてやらねばのう」

「一万両、いや二万両の手土産も持参できまする」

「さすれば大目付も、晴れて鳥山藩の大名ということになるな」

小久保家を廃絶させたあと釜に、小笠原重利を据えるという。幕府の重職とはいえ三千石取りの旗本である。それが一気に三万石の大名となれば、なんだって言うことを聞く。

「ありがたき幸せ……恐悦至極にございまする」

畳に額をこすりつけ、小笠原は水野に向けて深く拝した。

「それにしても、『とろろごぜん』というのはかなり利が出る商《あきな》いよのう」

「それはもう。なんせ、立ち上げてから半年で二万両の利が見込めるのですから……」

「その商いは絶やすことなく、以後もつづけるがよいぞ」

「かしこまってござりまする」

すでに鳥山藩を自分の手中に収めたかのように、小笠原は答えた。

「小笠原の老中も、近いであるのう。いや、その前に若年寄か……」

「ははぁー」

幕閣に名を連ねられればそれでよしと、畳に顔を伏せながらほくそ笑む。その小笠原の丸くなった背中に向けて、水野が問いかける。

「して、小久保忠介を貶《おとし》める策というのは考えついたのか？」

「霜月《しもつき》までには、一万袋の大和芋が江戸に運ばれまする。そのときが、好機かと。そこで……」

小笠原は座ったままで膝を進め、水野のもとににじり寄る。

「ご無礼……」

と言って、水野の耳に口を近づけた。ぐっと声音を落して、小笠原は策を語る。臭い息に閉口《へいこう》し、水野は顔をしかめながら策を聞き取った。

「なんと、幕府に向けて弓を引く謀反《むほん》の咎《とが》を被せるとは……」

耳を離して、水野は驚嘆の声を発した。

「ご老中、それを大声で口に出してはなりませぬ」

「いや、すまぬ」

小笠原のたしなめに、老中が小首を下げて詫びを言った。

「そこでご老中、幕府のお手配をよしなに……」

「分かっておる。その際は、わしも自ら見届けるとしようぞ」

「いや。お言葉ですが、ご老中はここはお控えなされておられたほうが。陰で糸を引いていたと思われましたら、あとでどんな誹《そし》りを受けるかも分かりませぬ。ここは万事お任せあれ」

「左様であるな。わしの差し金とは、誰にも思わせたくないからのう」

「ご老中には万端の手配、よろしくお願い申しあげまする」

　こちらも戦に向けて走り出していた。

　それから半月が過ぎ、早取りの大和芋が頭陀袋にして千袋、鳥山藩下屋敷に納入された。

　半月の間に、店も五十店に増え、すでに開店の準備が整えられていた。とろろごぜんの売り上げも、うなぎ登りで快調である。すべてが軌道に乗っていた。

　忠介が参勤交代で江戸に来てから、一年が経とうとしている。国元に帰る日も間近に迫っていた。

「江戸のことは千九郎に任せておいていいだろう。これで、おれも安心して国に戻れるというもんだ」

　商人の形《なり》をして、忠介と千九郎が話をしているのは、開店が明日に迫った山下《やました》町の店の中であった。神田花房《はなふさ》町の呉服商『高代屋《たかしろや》』が、食いもの屋経営で乗り出した店である。食材の納入が済み、一段落ついたところであった。

「ご安心はなりません。いつ、相手が仕掛けてくるか分かりませんし……」

樽椅子に座り、千九郎が言葉を返した。

「いや、まだ仕掛けてはこないだろう。おれが危ないと見込んでいるのは、その先だ。おそらく、収穫も終わる霜月あたり」

「一万袋の納入時と……？」

「ああ、そのころを機会とみているだろうよ」

「そのころには、百五十店に増えてるでしょうから……」

「それだけ大きくなれば、相手も乗っ取り甲斐があろうというもんだ」

高代屋は、すでに界隈に三店舗を出していた。山下町は四店目である。ここを出す際、高代屋の主徳衛門《とくえもん》が言っていた。

「——副業としてこんなによい商いはない。あと六店舗うちから出したいのだが」

このように、元締めになる大店が引きも切らずに出てきていた。それと共に、出店の範囲も格段と広くなり、遠くは芝増上寺の門前町にまで店が出るようになっていた。

大目付小笠原がどんな手を使って仕掛けてくるか、気になりながらも忠介は国元に戻らなくてはならない。

幕府の仕掛けが気になるところに、もう一つ気持ちを煩《わずら》わせることがあった。

儲かるとの評判が高まれば、同じことを真似してやろうという輩が必ず出てくる。既存の店近くに、大和芋を扱う同様の店が十か所、一気に開店をした。

こちらは『やまとごぜん』という商標であった。店の造りも、何から何まで似通っている。暖簾の色は、黄色地に赤色の文字で書かれている。『とろろごぜん』とは反対の色取りであった。

忠介の国帰りが、あと五日と迫ったときであった。

「同じような店が近くにできて、売り上げが急に少なくなった。どうしてくれる?」

四店を出す主からの苦情が千九郎に入った。忠介と千九郎が言われた店を見にいくと、まったく同じような店の造りであった。

売りものまでがまるで同じであるも、一つだけ違っていたのは値段であった。『やまとごぜん』に卵つきを、四十五文で売っている。五文安くしてあるところに、とろろごぜんとの違いがあった。

店の前に立ち、忠介と千九郎は客の声を拾った。

「五文も安けりゃ、ずいぶん違うからな……」

「これからは、こっちにするかい」

そんな話がなされて、二人の職人風が『やまとごぜん』の店へと入っていった。

「こっちも安くするか？」

忠介が対抗策を口にする。

「いや、それはなりません。こっちはあくまでも、元祖で売っていきますから」

値引きで対抗したら、それは泥仕合となる。価格競争だけは避けたいと、千九郎は進言をする。

「いつかはこんな競合が出てくるものです。ですが、ずいぶんと早く出てきたものですね」

初めて店を出してから半年ほどである。ようやく軌道に乗ってきたところで、まだ安定はしていない。そんな段階を踏んでいるものを、真似するところがあるのかと千九郎は訝しく思った。

「いったい、どこが真似しはじめたんだ？」

「もしや……」

「千九郎には気づくところがあるか？」

「大目付の手が入っているかも……あっ」

千九郎が途中で言葉を止めたのは、見覚えのある顔が二人向かってきたのに気づいたからだ。

「殿、こっちへ……」

千九郎は忠介の袖を引っ張り、建屋の陰に隠れた。向こうもこっちの顔は見知っているはずだ

「あれは……」

忠介も、男たちの顔は知っている。一人は、以前利根川の中田宿で荷車泥棒を報せてくれた男であり、もう一人は根葉の家にいた男であった。申吉と飛助という名までは知らない。

二人が連れ立ち『やまとごぜん』の中へと入っていく。

「やはり、大目付がこの店を……だが、なぜに？」

「こちらを潰しにかかってきたのでしょうか」

「いや、そうではねえだろう。向こうの狙いは、こっちの儲けにもあるからな。潰してしまったら、根こそぎ奪い取るどころじゃねえ。それにしても……」

どういうことだと、忠介の首は傾いだ。

しばらくして、申吉と飛助が店の外へと出てきた。忠介と千九郎は、少し離れて二

人のあとを追った。そして、とある屋敷の中へと入っていく。そこが大目付小笠原重利の屋敷であることは、辻番で訊いてすぐに分かった。

それから四日後、忠介が国帰りをする前日であった。

千九郎のもとに『やまとごぜん』が潰れたという報せが入った。出した店すべてで、食中《しょくあた》りが発生したということであった。

四日前、小笠原と間者たちの間でこんな会話がなされていた。

「――どうだ、首尾は？」

「はい。腹下しをする薬を塗った蠅《はえ》を厨房に……」

「それでよい。儲けを邪魔する者は、排除せねばならん」

『やまとごぜん』で起きた食中りは、小笠原の差し金であったことなど、むろん忠介と千九郎は知らない。

七

忠介が国元に戻り、早くも二月《ふたつき》が経ち季節は冬を迎えた。

これまで『とろろごぜん』が順調に業績を伸ばしてきたのは、むしろ大目付小笠原のおかげともいえるだろう。

いよいよ大和芋は本格的な収穫も終わりの時期となる。あとは来年のための、保存用か種芋として畑に置かれる。

すでに江戸では二百軒の『とろろごぜん』が出店されていた。

鳥山藩下屋敷の奥深くにある金蔵には、一万五千両の大金が唸《うな》っている。

大和芋の今期最後の出荷を五日後に控え、忠介は千九郎宛に小包を出していた。

千九郎が受け取った小包を開くと、七通の書状が出てきた。一通は千九郎宛のもので、あとの六通にはそれぞれ宛名が書かれてある。封書の裏には、鳥山藩主小久保忠介との表記があった。

千九郎宛の書簡を要約すると、それにはこう書かれてあった。

十一月五日の夕《ゆう》七ツどきに、今年最後の大和芋二千袋を江戸に納入する。江戸下屋敷に掘った地下倉に保存するようにとある。もう、涸れ井戸に保存するどころでない。

大和芋保存用の穴は、下屋敷に地下倉が掘られてあった。そこに店に出荷する前の保管ができるようになっている。一か所に最多一万袋が収められる、夏でもひんやりとして涼しい、地下深くに掘られた大きな地下倉であった。

書簡の先を千九郎は読む。そこには忠介の命令が書かれてあった。『――千九郎に命ず』とあるから、千九郎は心して読んだ。

同封の六通の書状を、必ず千九郎の手で届けよとある。そして、忠介の名代《みょうだい》となって返答を聞いてきてくれとある。くれぐれも、書簡を他人《ひと》には見せちゃならねえと添えてあった。

千九郎は、六通の書状をまとめて袱紗に包むと懐《ふところ》深くにしまった。

「……十一月の五日には殿もお忍びで来るのか」

この日は十一月の朔日《ついたち》。五日の七ツどきと時限の指定があるのは、理由《わけ》があるのだろうと、千九郎はつぶさに思った。


千九郎が書簡を受け取ったのと同じころ――。

大目付小笠原の屋敷にも、根葉からの書簡が飛助の手によりもたらされていた。

「なになに……」

書簡を開くと、小笠原は黙して読んだ。

そこにも忠介の書簡と同様、大和芋を江戸に運ぶ日時が記されていた。

「……十一月五日の夕七ツ、鳥山藩下屋敷に大和芋が運ばれるか。小久保忠介も忍びで同伴するとか。こいつはむしろ都合がいい」

ニタリと不敵に笑う小笠原に、飛助はえも言われぬそら恐ろしさを感じていた。

「ほかに根葉は何か言ってなかったか？」

「はっ、すべて鳥山藩主は根葉先生の言いなりとなって動いているとおっしゃってました。最後の出荷の日取りも、根葉先生が決められたそうです」

「丸裸になるのも知らずに、のこのこと小久保忠介もくっついてくるのか。せっかく一万五千両貯め込んだというのにのう、気の毒なものよ」

その報告は、申吉によってすでにもたらされている。金の額はおおよその推定であるが、貯まった金はまだ手つかずにあるとの報せがあった。

一万五千両が、幕閣への近道となって誘《いざな》ってくれる。小笠原の顔から含み笑いが絶えない。

飛助から報告を受けた小笠原は、さっそく老中水野の屋敷へと向かった。

「なんと、一万五千両か！」

小笠原から話を聞いた水野忠成は、座蒲団から転げ落ちるほどの驚きを見せた。

「それだけではございませんぞ。今やっている『とろごぜん』の事業は、これからどれほどの利をもたらすものかまったく分かりません。鳥山藩の名物として定着すれば、幕府財政の要《かなめ》として充分成り立つものと思われまする」

「それにしても、小久保忠介という奴、捨てるには惜しい男だのう。もっとも、それを根こそぎぶんどろうとしている小笠原のほうが、一枚上手《うわて》といえるがの」

「ぶんどろうなどと、ご老中も人聞きが悪い……」

「左様か。そいつはすまなかったのう……がはっ、がはは」

上機嫌な高笑いが、部屋の外まで轟き渡った。

「ご老中、お手配のほどを……」

やがて水野の笑い声が止むと、小笠原はかねてからの依頼ごとを言った。

「上様の御書状であるな……」

「御意」

「分かった。五日までに用意する」

大名家を潰すのに老中、ましてや大目付の一存ではできない。将軍の言葉をもって、廃絶を言い渡さねばならない。その事由を、謀反とした。

「これで、小田原の本家小久保も老中を失脚せざるを得ない。いや、それどころか、小久保一党は潰《つい》えるってことになるかもな」

水野家と小久保家は、徳川三河以来の確執である。その私怨が、ここにきて幕を下ろそうとしている。

「やはり、水野のほうが上であったのう」

独りごちて高笑いするのを、水野は堪えた。さすがに不謹慎だと思えたからだろう。

十一月の三日になって、朝から千九郎は書状に書かれた大名家を回った。

忠介から託された、書簡の内容を千九郎は知らない。

どこも別部屋で待たされ、どこも『――かしこまった』とだけの返事を受け取り、千九郎は下屋敷へと戻った。

そして、二夜が明けて霜月は五日となった。

二馬力の荷車四台に、大和芋二千袋と米、麦そして山葵醤油などを乗せた忠介たち一行が粕壁宿の旅籠を出立したのは、夜がすっかりと明けた六ツの鐘を聞いてからであった。

北本所の下屋敷までは、およそ八里の行程である。ゆっくりと人並みの速さで行っても、夕七ツには充分間に合う。忠介は、下屋敷に早くもなく遅くもなく申《さる》の刻丁《ちょう》度《ど》に着きたかった。

荷台に乗って、このたびも楽な旅となった。

「……千九郎がうまく書簡を渡しといてくれればいいのだが」

忠介の心配は、この一つにあった。不安が呟きとなって口から漏れる。

「まあ、案ずるより産むが易しだ」

気を落ち着かせようとする独り言が、隣に座る小姓の左馬之助《さまのすけ》の耳に届いた。

「殿、何を案じておられますので？」

「いや、なんでもない」

余計な独り言を吐いたと、忠介はあとの言葉を呑み込んだ。


忠介一行に先んじて、江戸に急ぐ男がいた。小笠原配下の飛助であった。

正午には小笠原の屋敷に到着し、当主重利に忠介たちの動向を告げた。

「今朝六ツ丁度に粕壁宿を出立し、江戸に向かっております。ゆっくりとした動きで、夕七ツに時限を合わせているようです。すべては、根葉先生の言いなりで当方の企てには一切気づいてない様子であります」

「よし、大儀であった。どこかでめしでも食って休め」

ここまでくれば、もう間者は必要ない。小笠原は懐から小銭入れを出すと、五十文数えて渡した。

大変な思いをして鳥山藩と江戸を往復しているのに、駄賃はこれだけかいと思うものの、飛助の口から出るのは反対の言葉であった。

「ありがとうございまする。これで『とろろごぜん』でも、食ってきます」

精一杯の、大目付に対しての皮肉であった。

飛助を下がらせたあと、小笠原の足は老中水野忠成の屋敷へと向いた。

「……そろそろ上様の御書状が届いているだろう。そいつを見せつければ、小久保家は一巻の終わりだ」

あとは自分の出世を待つだけだ、と思えば自然と顔が緩《ゆる》んでくる。

顔を弛《たゆ》ませ水野と面談をする。

「上機嫌であるのう、大目付……」

「はっ。今夕にはこちらに、一万五千両が運び込まれる手はずでありまする」

「これで小久保家も終わりってことか」

私恨にけりがつくと、水野の顔も緩んでたわむ。

「ところで、ご老中……」

将軍の御書状を受け取りに来たと、小笠原は用件を言った。

「それがの……」

にわかに水野の緩んでいた表情が、引き締まるものとなった。

「何かございまして……？」

「上様は急な病《やまい》を発しおってな、御殿医の話だと絶対に安静とのことだ。ゆえに、書いてはいただいておらん」

「なんですって？」

「そんなんでな、わしが代わりに書いた」

「そんなことをして、よろしいので？」

「ああ、そなたさえ黙っていたら何も問題はない。上様だってご健康なら、同じことを書くはずだ。そなたはただこの書状を読んで、小久保忠介に聞かせるだけでよい」

表書きに『下』と書かれた書状を、小笠原は手渡されると懐深くにしまった。

「あとは手勢三十人ほどを連れて、まずは下屋敷を封鎖します。その半刻後には、上屋敷と中屋敷に手勢を向けて、門に矢来《やらい》を組んで封鎖する段取りでありまする」

「明日は小田原藩小久保家に出向いて、忠真の老中罷免を申しつけることにしよう」

将軍からの、直接の書状は受け取れなかったものの、すべては手はずどおりと小笠原は弾む心で、水野の屋敷をあとにするのであった。

八

小久保忠介が、四台の荷車と共に下屋敷に着いたと同時に夕七ツを報せる鐘の音が、大川を渡り聞こえてきた。

門を開き、すべての荷車が下屋敷の邸内へと入った。

それとほぼときを同じくして、三十人の手勢を引き連れた小笠原重利が吾妻橋を渡りきるところであった。戦にでも行くような重装備の一団に、道行く人々の驚きの目が向く。

邸内に入った忠介を、真っ先に迎えたのは千九郎であった。

「遠路お疲れさまでございました」

「挨拶はいいから、首尾はどうだった？」

忠介が、真っ先に問いたいことであった。

「どちら様も、かしこまりましたとの返事でありました」

「そうか。しかし、まだ誰も来てないようだが……」

「はて、書状の内容は手前には分からないもので……」

「そうであったな。まあ、信じて待つより仕方あるまい」

訪れた大名屋敷に、千九郎はある思いを抱いていたが、あえて口には出さなかった。すべては藩主のやることで、ここはしゃしゃり出るところではないと思ったからだ。これが裏目に出たら、鳥山藩小久保家は忠介もろとも潰《つい》えることになろう。戦に負けるのである。

やがて、外から大声が邸内に聞こえてきた。

「開門、ごかいもーん」

「いよいよ来やがったな。門を開けてやれ」

家臣二人で正門の閂《かんぬき》を外し、重厚な鉄門を開けた。すると馬に跨《また》がり、陣笠、陣羽織を身に着けた大目付の小笠原を先頭に、鉢金《はちがね》を頭に巻いた三十人ほどの徒《かち》同心の手勢が、槍などの得物《えもの》を手にしてなだれ込んできた。小久保家の抵抗を予想してか、一様に胴鎧をつけるところはまさに戦である。

下屋敷にいる家臣たちは、みな商人か野良仕事から帰ってきた百姓の形《なり》である。武器をもった者など一人もいない。

戦闘軍団と思《おぼ》しき一団のいきなりの襲来に、何があったかと家臣たちに怯《おび》えが走った。

忠介は家臣のうしろに控え、馬に乗る小笠原の出方を待った。そのときの格好は、縞柄の小袖に羽織を着込んだ商人の姿であった。忠介が中に交じっていることに、小笠原は気づいていない。

「鳥山藩の家臣はどこにいる？」

馬に乗ったまま、小笠原は問うた。

「ここにいる者みな、家臣でございます」

小笠原には、千九郎が応じた。

「なんだと。商人や百姓たちではないか」

小笠原が、馬上から家臣たちを見回しながら言った。その途中、忠介と目が合ったが気づいた様子はない。

「ところで、この重々しい格好のご一団は……当方が何か？」

千九郎のほうから、惚《とぼ》けて問うた。

「拙者、幕府は大目付の小笠原重利である。鳥山藩のご家中に申す。本日、当藩に謀反の疑いがありとのことでまかり越した。幕府からの拝領下屋敷に許可なく地下倉を掘ったのは言語道断。武器、弾薬を隠しもつものと幕府は取った。ゆえに、藩主はおらぬようだが、屋敷内を検《あらた》めさせてもらう。手向かうでないぞ」

来訪の趣旨を告げ、ここで小笠原は馬から下りた。

「それと、金銀財宝を隠しもつとも聞いている。もし、地下倉があるのが判明したならばこの場で即刻、上様からの御書状を開くことにする」

言って小笠原は懐から書状を取り出すと、鳥山藩家臣に向けて翳《かざ》して見せた。表書きに『下』と書かれた書状に、一同土下座して拝した。

「地下倉があるのなら、おとなしく誰か案内せい。さもなくば、力ずくで踏み込むぞ」

「手前が案内をいたします」

千九郎が足を一歩前に繰り出した。

「おう、案内するとな。なかなか殊勝《しゅしょう》であるな」

少しは抵抗があると思っていた小笠原は、肩透かしを食った思いとなった。

「大目付様だけが、こちらにお越しください」

「分かった。みなの者は待っていよ」

千九郎が、小笠原の前に立ち地下倉へと案内をする。忠介の前を通るが、ここでも気づかぬ様子であった。

千九郎は、このあとどうなるのか肚の中は不安でいっぱいであった。だが、忠介からはそうしろとだけ言いつけられている。

中庭に来ると一坪ほどの木枠に板蓋がしてある。千九郎が取っ手をもつと、板蓋が観音扉状に真ん中から割れて開いた。地下に下りる階段があった。

千九郎は手燭《てしよく》に明かりを点けると、階段に足をかけた。

「お気をつけください」

十五段ほど階段を下りると、穴の底へとついた。人が立って歩ける通路がある。千九郎は、明かりを差し出しながら先を歩いた。やがてそこは、広い空間となって物が置ける部屋となっていた。どれほどの広さがあるか、明かりが奥まで届かず分からない。柱と梁で崩壊を防ぐ造りがなされている。

この夏に、穴掘り人足たちを雇い二か月をかけて掘った地下倉であった。地上よりも温度はかなり低い。夏でも大和芋の保存ができる倉であった。

「ここに武器弾薬などはございません。あるのは大和芋だけです」

頭陀袋の一袋を開けて、千九郎は中を見せた。

「たしかにこれは大和芋だが、この中のどこかに紛れ込ませているのであろう。いや、そんなことはどうでもいい。こんな立派な地下倉があっただけでも充分だ。外に出るぞ」

小笠原が先に立ち、千九郎がうしろについて地下から出てきた。

「やっぱり、地下倉はあったぞ。これで、申し開きはできん。上様の御書状を読み聞かせるから、全員そこに直れ」

興奮気味に小笠原は将軍の名代《みょうだい》となって、鳥山藩家臣に命じた。一同地べたに正座して、御書状の内容を聞く。むろん忠介も正座して聞く姿勢を取った。

「よいか、読むぞ」

蛇腹《じゃばら》に折られた巻紙を、小笠原はバサッと音を立てて開いた。

うおっほんと一つ咳払いをして、おもむろに読みはじめる。

「下屋敷にち、ち、地下倉を掘ったのはごっご……言語道断と読むのか？……不届き千万……」

老中水野は急いで書いたか、字が読みづらい。途中、つっかえつっかえして小笠原が読む。

「よって鳥山藩の……なんと書いてある？」

余計な言葉が、ごちょごちょと混じる。だがこの後、小笠原の口がにわかに滑らかになった。

「小久保家は取り潰し家財財宝すべては没収して、当家のあとの鳥山藩は大目付である小笠原重利が治めるものとする。以上　将軍家斉《いえなり》」

途中からまったく文字の判読ができず、小笠原は自分で文章を作った。読み終わると、さっさと書状を折り畳み懐へとしまった。

「こう書かれてあった。上様のご命令だ、おとなしく従うこと。なお、これから下屋敷門前に矢来を立て、いかなる者も立ち入りは許さん。半刻後には、中屋敷と上屋敷も閉ざすことになっている。それと、鳥山城は以後十日をもって受け渡しを済ませ、拙者小笠原が拝領いたすことにする。それともう一つ、鳥山藩がおこなっていた『とろろごぜん』事業は、幕府直営として当方が運営を任せられ引き継ぐことになる。その事業に携わる者は、そのまま残ることを許す。以上、小久保家の家臣は即刻ここから出ていくがよい」

小笠原が語り終わっても、誰も外に出ようとはしない。千九郎が戸惑う家臣たちを止めたからだ。

「どうした？　上様の命令はくだしたはずだぞ」

「ただ今、大目付様は言っておられました」

千九郎が、その問いには答える。

「とろろごぜんの事業に携わる者は、残ることを許すと。われらはすべて、その仕事に関わる者たちです。ですから居残りたいと……」

「左様であったな。ならばしばらくここにいろ。さてと、門に矢来を……」

立てろと、手勢に命じようとしたところであった。

「その沙汰待った」

脇門が開くと、言って入ってきたのは金糸銀糸で織られた羽織袴を着込んだ、相当に地位のある武士であった。

「あっ、あのお方は……」

知ってはいても、声は出さずに忠介は黙って小さくうなずいた。

「どなたであるかな？」

「余は、宇都宮藩藩主戸田忠温《ただはる》である」

「なんと、戸田様……」

小笠原の、驚く顔が戸田忠温に向く。すると、もう一人同じような形《なり》をした殿様が入ってきた。備後《びんご》臼杵《うすき》藩藩主稲葉尊通《いなばもとみち》であった。そしてつづけてもう一人、脇門を開けて大名が入ってきた。

「余は、秋田《あきた》藩藩主佐竹義厚《さたけよしひろ》であるぞ」

「えっ、佐竹様も……？」

それから、三人の大名が入ってきて、千九郎が書状をもって回った六人がそろった。

「お待ちいたしておりました」

いきなり忠介は、家臣の列のうしろから顔を出した。

「おお、そなた様は……」

商人の形《なり》をした忠介に、小笠原の驚く顔が向いた。ここで初めて大目付は小久保忠介の存在に気づいた。

「本日このとき、相談があるので下屋敷に来てくれと書状を受け取ったが、どういうことでありまするか？　来れば、お借りした金の十倍支払うと書かれてあったが……」

臼杵藩主稲葉尊通が、忠介に問うた。

みな、昨年の藩邸札の発行で損をした藩の藩主であった。おおよそどこも百両ほどの借財であったが、忠介はそれを十倍にして返すからと書状にしたためた。

「わがほうは、盗まれた『疾風《はやかぜ》』を千両で買い取ると書いてあったが」

と言ったのは、宇都宮藩藩主戸田忠温であった。ここだけ事由を変えてあった。

「皆様にお集まりいただいたのは、実は……」

忠介は『とろろごぜん』事業のことを、ざっと説いた。

「ほう、さすが小久保殿はやり手ですな。昨年の失敗をものともせず、再び立ち上がりなさったか」

戸田忠温が口にする。

「これもみな、借財を返そうと一心不乱に……ご迷惑をおかけしたことと、せめてものお詫びのしるしとして十倍にして返すことにしました。それで、こちらにご足労を……」

「左様でありましたか。ここでもっての千両はありがたい」

稲葉尊通がほっとした表情で言った。

「しかしです、思わぬ邪魔が入りました。大目付殿が謀反の疑いがあるということで、手勢を引き連れてきました」

「なんと、謀反ですと？」

そろって大名衆六人が驚く。

「この小久保家は断絶し、家財財宝すべて没収とのこと。申しわけござらんが、そんなんで返却がままならなくなりました」

「そいつは困るでないか」

憤《いきどお》ったのは、稲葉尊通であった。臼杵藩も、財政に困っているらしい。臼杵藩だけではない、異口同音に四人が困惑を口にした。

「ですが、この話には裏があります。実は……」

忠介は、六人の大名たちに向けてことの顚末を語った。

「すべては大目付小笠原殿が仕込み、裏で糸を操っていたのはご老中水野様……」

「なんと！」

さらに驚きの声が、下屋敷内に轟き渡る。

「鳥山藩小久保家を貶《おとし》め、小笠原様が後釜に入ろうとの肚……そして、とろろごぜんで儲けた金を没収し、それはどこの懐に入るのやら。おかげさまで事業はどんどん大きくなりました……」

「出鱈目《でたらめ》を申すな、小久保殿。何を証《あか》しに……」

「あんたが放った隠密である根葉……いや高山という者がすべてを語ってくれた」

「えっ、根葉先生が！」

家臣の中から、驚きの声が漏れた。

「だが、根葉は小笠原殿の卑劣なやり方に嫌気をさしたか、正直に話してくれると自害して果てた。惜しい男を亡くしたものだ。芋の薀蓄《うんちく》にかけては、国の財産であった者をな……」

がっくりとした、忠介の口調であった。気を取り戻して、小笠原に向き直る。

「そんなんで、すべてが明らかになった。ここはおとなしく引いてもらおうではないか。そうすれば、こちらから糾弾はなしとする」

だが、おとなしく引き下がる大目付ではない。

「そうか、このお方たちは小久保家に加担して、幕府に弓を引く謀反を企てる同志たち……」

「何を申すか、小笠原。盗人猛々《ぬすっとたけだけ》しいとは貴様のこと！」

戸田忠温が、強い口調で小笠原の言葉を止めた。

「戸田様、これをご覧ください。上様の御書状でありますぞ、身共《みども》は上様の名代でここに来ているのでござる」

小笠原はめげずに懐から再び御書状を取り出した。『下』という字に、一気に六人の首が下がった。

「ここでおとなしく引いていただければ、謀反の疑いはなかったことにしますが痛いところを突かれたと、六人の大名たちは互いの顔を見合った。

「上様がうしろだてになっていては仕方ないですな……」

「まこと、小久保殿には気の毒だが……」

謀反の濡れ衣を被せられてはたまらないと、六人の意見は引き下がることで一致した。

「表に駕籠を待たせてあるから……」

「拙者は、馬で来た」

六人そろって脇門から出ようとしたのを、止めた者がいた。

「もう少し、ここにいてくだされ」

大名たちを押し留め、脇門から入っていたのは小久保家本家である小田原藩藩主小久保忠真であった。

「ここに上様の御書状がある」

やはり『下』と書かれた表記であった。忠真のほうも、将軍の御書状を持参していた。

「上様のお考えがこれには述べられてある。それを、これから読む」

「……」

る。

「ちょっと待ってくだされ、忠真様……」

小笠原は言って、懐から件《くだん》の書状を三度《みたび》取り出した。これにも『下』と書かれてある。

「千九郎、そいつを奪って読みな」

忠介の命令に、小笠原に近づいた千九郎は、無理やり書状を奪って読んだ。

「なんですか、これは？　どこにも、鳥山藩は大目付である小笠原重利が治めるものとは書いてありません。それどころか、なんだか読みづらくて……」

「どおりでおかしいと思った。上様が、そんな汚い字を書くはずがない」

観念したか、小笠原はガクリと膝を崩した。

「水野殿が上様から御書状を賜る前に、わしのほうが言上《ごんじょう》したのよ。大和芋を保管する地下倉を許し、とろろごぜんの事業も許すとここには書かれてある。ほれ、きちんと上様の花押《かおう》も書かれてあるぞ」

抗《あらが》う余地はないと、小笠原はフーと大きくため息を一つ吐いた。

「……引き揚げるとするか」

小笠原の小声であった。

「なんと申したかな、小笠原殿……？」

聞こえなかったと、忠介は耳に手をあてた。

「引き揚げると申した」

「ちょっと待てよ、小笠原殿。人を貶めようとした落とし前は、どうしてくれるんで？」

べらんめえ言葉となって、忠介が責める。

「いいではないか、忠介」

忠介の怒りを宥《なだ》めたのは、本家の忠真であった。

「上様がおっしゃった。どっちが悪いも良いもないとな。下手《へた》をすれば、喧嘩両成敗になると、暗におっしゃられたのであろう。水野殿にも、そう伝えておいてくれ」

小笠原は無言で頭を下げると、手勢を引き連れ帰っていった。

その後、六人の大名には千両ずつが返却された。大名たちもいなくなり、忠介と忠真が向き合った。

「このたびも助けていただきました。このとおり……」

忠介は腰から曲げて、頭を下げた。

「いや、礼はよい。それにしても『とろろごぜん』というのは、儲かるものだな」

「それほどでも……」

と謙遜したところで、忠真の一言が次にあった。

「上様となへ一万両を徳川家へ献上するということで話《なし》をつけたぞ」

「えっ！」

「そのくらいの儲けはあるだろう？」

今しがた、六千両を払ったばかりである。これで今までの儲けは潰えると、忠介は千九郎のほうを見やった。がっかりとする千九郎の表情に、忠介は申しわけなさそうに小さく頭を下げた。

時代小説
二見時代小説文庫

ぶっとび大名《だいみょう》　殿《との》さま商売人《しょうばいにん》2

著者　沖田正午《おきだしょうご》

発行所　株式会社　二見書房
東京都千代田区三崎町二―一八―一一
電話　〇三―三五一五―二三一一［営業］
〇三―三五一五―二三一三［編集］
振替　〇〇一七〇―四―二六三九

印刷　株式会社　堀内印刷所
製本　ナショナル製本協同組合

ISBN978－4－576－14174－9
http://www.futami.co.jp/

べらんめえ大名 殿さま商売人1
沖田正午［著］
父親の跡を継ぎ藩主になった小久保忠介。財政危機を乗り越えようと自らも野良着になって働くが、野分で未曾有の窮地に。元遊び人藩主がとった起死回生の秘策とは？

陰《かげ》聞《き》き屋 十兵衛
沖田正午［著］
江戸に出た忍《しのび》四人衆、人の悩みや苦しみを陰で聞いて助けます。亡き藩主の遺恨を晴らすため、亡き萬が揉め事相談を始めた十兵衛たちの初仕事はいかに!? 新シリーズ

刺客 請け負います 陰聞き屋 十兵衛2
沖田正午［著］
藩主の仇の動きを探るうち、敵の懐に入ることになった陰聞き屋の仲間たち。今度は仇のための刺客や用心棒まで頼まれることに…。十兵衛がとった奇策とは!?

往生しなはれ 陰聞き屋 十兵衛3
沖田正午［著］
悩み相談を請け負う「陰聞き屋」なる隠れ蓑のもと、仇討ちの機会を狙う十兵衛と三人の仲間たち。今度こそはと敵に仕掛ける奇想天外な作戦とは!? ユーモアシリーズ！

秘密にしてたもれ 陰聞き屋 十兵衛4
沖田正午［著］
仇の大名の奥方様からの陰依頼。飛んで火に入るなんとやらで絶好の仇討ちの機会に、気持ちも新たに悲願達成を目論むが。十兵衛たちの仇討ちユーモアシリーズ第4弾！

そいつは困った 陰聞き屋 十兵衛5
沖田正午［著］
押田藩へ小さな葛籠を運ぶ仕事を頼まれた十兵衛。簡単な仕事と高をくくる十兵衛だったが、葛籠を盗まれてしまう。幕府隠密を巻き込んでの大騒動を解決できるか!?

間借り隠居　八丁堀 裏十手1

牧 秀彦［著］

隠居して家督を譲った直後、息子が同心株を売って出奔。昨日までの自分の屋敷で間借り暮しの元廻方同心の嵐田左門。老いても衰えぬ剣技と知恵で悪に挑む！

お助け人情剣　八丁堀 裏十手2

牧 秀彦［著］

元同心「北町の虎」こと嵐田左門は引退後もますます元気。岡っ引きの鉄平、御様御用家の夫婦剣客、算盤侍の同心・半井半平ら〝裏十手〟とともに法で裁けぬ悪を退治する！

剣客の情け　八丁堀 裏十手3

牧 秀彦［著］

嵐田左門、六十二歳。北町の虎の誇りを貫く。裏十手の報酬は左門の命代。老骨に鞭打ち、一命を賭して戦うことで手に入る、誇りの代償。孫ほどの娘に惚れられ…

白頭《はくとう》の虎　八丁堀 裏十手4

牧 秀彦［著］

北町奉行遠山景元の推挙で六十二歳にして現役に復帰した元廻方同心の嵐田左門。権威を笠に着る悪徳与力や仏と噂される豪商の悪行に鉄人流十手で立ち向かう！

哀しき刺客　八丁堀 裏十手5

牧 秀彦［著］

夜更けの大川端で顔見知りの若侍が、待ち伏せして襲いかかってきた武士たちを居合で一刀のもとに斬り伏せた現場を目撃した左門。柔和な若侍がなぜ襲われたのか⁉

新たな仲間　八丁堀 裏十手6

牧 秀彦［著］

若き裏稼業人の素顔は心優しき手習い熟教師。その裏稼業人に、鳥居耀蔵が率いる南町奉行所の悪徳同心が罠をかけてきたのを知った左門と裏十手の仲間たちは…

魔剣供養 八丁堀 裏十手7
牧 秀彦［著］

御様御用《おためしごよう》首斬り役の山田朝右衛門から、世にも奇妙な相談が！ 青年大名を夜毎悩ます将軍拝領の魔剣の謎とは？ 廻方同心「北町の虎」大人気シリーズ第7弾！

荒波越えて 八丁堀 裏十手8
牧 秀彦［著］

伊豆韮山《にらやま》代官の江川英龍から、故あって三宅島に流刑された息子・角馬に迫る危機を知らされた左門。「老虎」の最後の戦いが始まる！ 感動と瞠目の最後の裏十手！

はみだし将軍 上様は用心棒1
麻倉一矢［著］

目黒の秋刀魚《さんま》でおなじみの江戸忍び歩き大好き将軍家光《いえみつ》が、浅草の口入れ屋に居候。彦左や一心太助、旗本奴や町奴、剣豪らと悪党退治！ 胸がスカッとする新シリーズ！

与力・仏《ほとけ》の重蔵 情けの剣
藤 水名子［著］

続いて見つかった惨殺死体の身元はかつての盗賊一味だった…。鬼より怖い凄腕与力がなぜ〝仏〟と呼ばれる？ 男の生き様の極北、時代小説に新たなヒーロー！ 新シリーズ！

密偵《いぬ》がいる 与力・仏の重蔵2
藤 水名子［著］

相次ぐ町娘の突然の失踪…かどわかしか駆け落ちか？ 手がかりもなく、手詰まりに焦る重蔵の、乾坤一擲の勝負の一手！ 〝仏〟と呼ばれる与力の、悪を決して許さぬ戦い！

奉行闇討ち 与力・仏の重蔵3
藤 水名子［著］

腕利きの用心棒たちと頑丈な錠前にもかかわらず、千両箱を盗み出す《霞小僧》にさすがの《仏》の重蔵もなす術がなかった。そんな折、町奉行矢部定謙が刺客に襲われ…

公事宿《くじやど》 裏始末1 火車《かしゃ》廻る
氷月 葵［著］

理不尽に父母の命を断たれ、江戸に逃れた若き剣士は、庶民の訴訟を扱う公事宿で、絶望の淵から浮かび上がる。人として生きるために……。新シリーズ第1弾！

公事宿 裏始末2 気炎《きえん》立つ
氷月 葵［著］

江戸の公事宿で、悪を挫き庶民を救う手助けをすることになった数馬。そんな折、金持ちしか相手にせぬ悪名高い四枚《しまい》肩の医者にからむ公事が舞い込んで……。

公事宿 裏始末3 濡れ衣奉行
氷月 葵［著］

材木石奉行の一人娘・綾音は、父の冤罪を晴らさんと、公事師らと立ち上がる。牢内の父から極秘の伝言は、濡れ衣を晴らす鍵なのか!? 大好評シリーズ第3弾！

公事宿 裏始末4 孤月の剣
氷月 葵［著］

十九年前に赤子で売られた長七は父を求めて、十五年前に十歳で売られた友吉は弟妹を求めて、公事師らと共に闘う。俺たちゃ公事師、悪い奴らは地獄に送る！

朱鞘《あかさや》の大刀 見倒屋鬼助《みたおしやきすけ》 事件控1
喜安幸夫［著］

浅野内匠頭の事件で職を失った喜助は、夜逃げの家へ駆けつけて家財を二束三文で買い叩く「見倒屋」の仕事を手伝うことになる。喜助あらため鬼助の痛快シリーズ第1弾

隠れ岡っ引 見倒屋鬼助 事件控2
喜安幸夫［著］

鬼助は浅野家家臣・堀部安兵衛から剣術の手ほどきを受けた遣《つか》い手の中間《ちゅうげん》でもあった。「隠れ岡っ引」となった鬼助は、生かしておけぬ連中の成敗に力を貸すことに…